신혼이지만 각방을 씁니다

신혼이지만 각방을 씁니다

비혼주의가 판치는 세상에서
결혼을 외치다

정치호 지음

harmonybook

감히 모험을 권장하고자 합니다

난 어릴 때부터 결혼에 대한 생각이 확고했다. 훗날 다정한 남편이 되어 행복한 가정을 꾸리는 건 원대한 삶의 목표 중 하나였다. 어쩌다 그런 포부를 여미게 된 건지는 잘 모르겠다. 딱히 뚜렷한 계기는 없었던 것 같다. 아마 사이좋은 부모님 밑에서 자란 영향 탓일 거라며 어림짐작할 뿐이다. 그래서 그런지 가끔 손을 꼭 잡고 다정하게 걸어가는 노부부가 눈에 들어올 때면 저렇게 늙고 싶단 생각이 들면서 그렇게 부러울 수가 없었다. 마치 세상에서 가장 아름다운 장면을 우연히 목격하기라도 한 듯 시야에서 흐려질 때까지 넋 놓고 바라볼 정도였다. 그런 여파로 인해 쉽고 편한 길보다는 힘들어도 의미를 찾을 수 있는 길을 선택하며 살아왔다. 가족을 기꺼이 책임질 수 있는 든든한 가장이 되기 위해선 어중간하게 살면 안 될 것 같았다. 지난날들의 흔적이 오늘에 고스란히 묻어나고, 오늘의 실천이 미래와 이어진다고 여겼던 만큼이나 더욱 그랬다.

다만 유부남을 지향하는 내가 하고 싶지 않은 게 하나 있었는데, 그건 바로 결혼식이었다. 예전부터 사람들이 결혼하는 모습

4

을 볼 때면 항상 과하게 힘이 많이 들어간 절차라는 생각이 들었다. 분명 결혼식은 세상 모든 이들의 축하를 받아 마땅한 좋은 자리임에도 불구하고, 왠지 모르게 혼인서약을 맺은 두 사람의 발목을 되려 붙잡는 것처럼 느껴지기도 했다. 결혼식을 앞둔 예비부부라면 날짜, 장소, 예물, 혼수, 신혼여행 등 정해야 할 것들이 한두 가지가 아니다. 그런데 그 과정에서 적지 않은 사람들이 본인들이 추구하는 가치와 현실적인 조건에 들어맞는 선택을 하는 게 아니라, 남들과 비슷하게 맞추려고만 하는 경향을 보인다.

이미 기준이 '남'인 것이다.

남들과 비슷한 수순을 밟으면서도 한편으로는 그 안에서 남들과는 다른 특별함까지 갖추려 한다. 그런 모순적인 욕망은 주변에서 쉽게 찾아볼 수 있었다. 결혼식과 관련된 일을 놓고 왈가왈부할 때 가장 골치가 아픈 건 애초에 정답이 없는 일에 정답에 가까운 현답을 얻고자 한다는 것이다. 크게 보면 다를 바가 없고 자세히 봐야 겨우 알아볼 법한 그 약간의 차이 때문에 결혼식에 들어가는 비용은 곱절로 불어나는데도 말이다.

예식장에서 성대한 잔치를 치러야 둘이 하나가 되는 마법이 일어난다고 하면 모르겠다. 결혼식을 올린다고 해서 법적으로 부부가 되는 것도 아니다. 두 사람이 한 지붕 아래 산다는 것을 증명하는 건 혼인신고서 한 장이면 족하다. 요컨대 결혼식은 남은 여생동안 함께 하기로 약속했다는 걸 많은 사람들이 보는 앞에서 공식적으로 선언하는 단순한 행사에 지나지 않는다.

———

'서로 잘 지내는 것'
내가 생각하는 결혼의 본질이다.

난 해도 그만 안 해도 그만인 결혼식에 필요 이상으로 많은 돈과 에너지를 들이기 싫었다. 달리 말해 적당히 치르고 싶었다. 거창한 결혼식을 위해 애쓸 시간에 사이좋은 부부관계를 유지하는데 도움이 될 만한 것들을 준비하는 게 더 중요하다고 생각했다. 이를테면 살면서 일어날 법한 갈등을 사전에 예방할 수 있는 규칙을 세운다든지, 예기치 못한 의견 충돌이 있을 시 원만하게 풀어가는데 도움이 될 만한 마음공부를 한다든지, 제2의 직업을 찾는 등의 거시적인 노후대비 계획을 갖는 등의 것들을 말이다.

특히 결혼식에 들어가는 비용을 최대한 아껴서 실생활에 요긴하게 쓰게끔 저축을 하는 게, 부부생활이라는 기나긴 여정의 시작이 한결 수월해질 것이라 믿었다. 어디 가서 이런 얘기를 하면 꼭 축의금을 언급하던데 난 축의금은 내 돈이라고 생각하지

않는 편이다. 우리나라 정서상 축의금은 그리 맑고 순수한 돈이
아니기 때문이다.

결혼식에 많은 투자를 하는 건 본인만족도 있겠지만 남들에게
잘 보이고 싶은 심리도 충분히 녹아있을 것이다. 봐주는 사람들
이 없으면 그만한 의미가 없으니까. 하지만 결혼식에 많은 돈을
들인다고 해서 기대치에 부합하는 충족감을 얻는다는 보장은
없다. 식이 아무리 눈부실 정도로 화려한들, 정작 하객들 입장
에서는 숱한 남의 잔치들 중 하나에 불과하니 그리 자세히 눈여
겨보지도 않는다. 지루해하지나 않으면 다행이다.

지인들에게 청첩장을 받아 예식장을 몇 번 다녀와 보면 '결혼
식도 별 거 없구나', '다 거기서 거기구나'라는 생각이 들기 마련
이다. 절차와 형식이 빚어내는 특유의 따분함은 고스란히 하객
들의 몫이다. 본식은 구경도 않고 식권부터 받아서 밥만 먹고
가는 사람들이 점점 많아지는 건 지극히 자연스러운 일이다. 학
교로 치면 결혼식은 곧 입학식이었다. 입학식에서 뽐 낼 만한
옷을 사는 것과 본인에게 맞는 진로와 적성을 파악하여 그에 따
른 적합한 공부법을 알아보는 것 중 어느 게 중요한지를 따져본
다면, 결혼식이 얼마나 덧없는 것인지 가늠할 수 있다.

―――

난 지금의 아내를 만나기 훨씬 이전부터, 가능하면 일반적인 예식장에서 결혼식을 올리지 않을 거라는 뜻을 종종 주변인들에게 내비치곤 했다. 개인적으로 불필요한 절차라고 생각되는 것들은 되도록이면 다 뺄 거라며 말해왔다. 하지만 그들은 날 대놓고 부정했다. 주관적인 의견의 존중은커녕 오히려 한 술 더 떠서 결혼관을 가르치려 드는 사람이 적지 않았다.

"그래도 그건 아니지."
"부모님 입장은 생각 안 해?"
"남들처럼 하는 게 효도야."
"인생에서 한 번뿐인 결혼식인데 좀 무리를 해서라도 남들 하는 만큼은 해야지."
"요즘은 다 그렇게 해."

난 내 생각이 무조건 맞다며 고집부리지 않으려고 노력하는 편이다. '타인은 곧 스승이다'라는 신념을 바탕으로 매 순간 겸손하고자 한다. 하지만 아무리 가까운 사람일지라도 위와 같은 말들을 늘어놓을 때면 귀를 의심하고 상대방을 다시 보게 된다. 보편적인 절차를 밟는 게 현실적이면서도 당연한 일이라는 관념이 묻어나는 그들의 주장은, 적어도 내 세계관에서만큼은 결코 합리적인 근거로 볼 수 없었기 때문이다.

적지 않은 사람들이 민족 문화와 사회 분위기에 젖어들어 알게 모르게 머릿속에 주입된 개념들을 자신만의 온전한 관념이라며 착각하고 있다. 남들과 크게 다를 바가 없는 생각임에도 불구하고 본인이 추구하는 가치가 독보적이면서도 당연한 것이라 여긴다. 심지어 상대방과 대화를 잘 이어가다가도 문득 어긋난 견해를 맞닥뜨리면 스스로를 보호하기 위해 공격에 가까운 방어태세를 갖추기도 한다.

깊고 충분한 사유를 거치지 않은 출처 불분명한 생각들은 사고방식의 범위를 제한하는 고정관념으로 굳어지기 마련이다. 그런 것을 '상식'이라고 포장하는 부류도 있던데, 그들은 상식이 상식보다 상식적이지 않다는 점을 간과하고 있는 듯해 보였다. 객관의 본질은 주관인데도 말이다.

흔히 사람들은 자기만의 뚜렷한 가치관을 지니고 싶은 욕망을 품고 있는 반면에, 비주류로 밀려나는 고통을 감수하려 하진 않는다. 뭐 그것도 나름대로는 가뜩이나 험난한 인생을 비교적 무난하고 평탄하게 살아갈 수 있는 방법이긴 하다. 다만 나라는 독보적인 '상'이 있는데 그 상과 상이하게 살아가는 건 곧 이상한 삶이라고 볼 수 있지 않을까. 비록 좋은 사람이 되긴 어렵지만 이상한 사람이 되는 건 아주 쉬운 세상 속에 우리는 살고 있다.

———

사회생활에 뛰어들기 전 호주에서 잠깐 살았던 적이 있다. 그 시절 공원을 산책하다 보면 화려한 장식도 특별한 절차도 없는 소박한 결혼식을 올리는 사람들을 종종 볼 수 있었다. 자연이 무대였고 주변 상가 야외석에 앉아 있는 사람들이 하객이었다. 우리나라만큼 화려하진 않았지만 현장에서 직접 느껴본 바로는 꾸며진 화려함을 뛰어넘는 세상 순수하고 아름다웠던 결혼식이었다. 그런 그림 같은 장면들이 뇌리에 강하게 박혀서 그런지, 내 눈에 우리나라 결혼식에 끼어 있는 거품들이 유독 더 도드라져 보일 수밖에 없는가 싶기도 하다.

다만 결혼은 나 혼자 하는 게 아니니까 추구하는 방향이 아무리 확고할지라도 훗날 배우자가 될 사람과 뜻이 어느 정도는 맞아야 한다고 생각했다. 만약 의견이 맞지 않는다면 얼마든지 조율할 마음도 있었다. 인생에서 고작 한 번뿐인, 더군다나 1시간도 채 되지 않는 행사를 치르는 방식 때문에 오랜 시간 사이좋게 지내야 할 관계에 굳이 흠집을 내긴 싫었으니까.

그런데 참 운이 좋게도 지금의 아내는 신기하리만큼 결혼에 대한 전반적인 견해가 처음부터 끝까지 나와 거의 비슷했다. 서로 성격은 정반대인데도 말이다. 그러니까 아내도 나처럼 결혼식에 그리 큰 의미를 두지 않기 때문에 많은 비용과 에너지를 들이고 싶지 않아 했다. 덕분에 우린 보편적이지 않은 결혼식을 준비하는 과정에서도 별다른 마찰이나 갈등이 없었다.

아내와 난 허례허식을 극도로 싫어했다. 진중한 마음이 결부된 채 세상 사람들이 다 그렇게 한다는 이유로 곧이곧대로 비슷한 수순을 밟는 건 우리의 가치관과 전혀 부합하지 않았다. 하물며 그건 우리 부부의 본성과 한참 어긋나는 일이었다. 영혼 없는 집단의식에 휘말리는 것도 싫었다. 남들이 어떻게 보든 말든 개의치 않고 우리가 맞다고 생각하는 대로 살아가는 게 더없이 올바른 방향이라고 믿었다.

그 결과, 우린 돌잔치홀에서 흔히 볼 수 없는 형태의 단출한 결혼식을 치렀다. 그 후로 이 글을 쓰고 있는 지금까지도 사이좋게 행복하게 잘 지내고 있다. 함께여서 더 행복한 건 우리 부부에겐 지극히 자연스러운 일이다. 하지만 그게 당연하지 않은 누군가에겐 일말의 도움이 될 수도 있지 않을까 하여 우리만의 남다른 결혼 이야기를 좀 더 자세히 풀어보고자 한다. 출산율이 바닥을 치고 비혼주의가 점점 늘어나는 세상임에도 불구하고 감히 결혼이라는 모험을 권장하고자 말이다.

다만, 힘을 좀 뺀.

PART. 1
조금은 남다른 시작

결혼식이 싫어진 계기

태어나 세상을 처음으로 인지하기 시작할 때쯤 부모님은 막창과 삼겹살을 파는 식당을 운영하고 계셨다. 손님은 꽤 있는 편이었다. 담배 연기가 자욱한 실내공간에 술 좋아하게 생긴 아저씨들이 북적북적 모여 소주와 맥주를 들이켜는 게 기억난다. 우리 가족이 생활하는 방은 식당에 붙어 있었고 그 덕에 담배 심부름과 콩나물 심부름을 많이 갔었다. 그 당시엔 신분증 검사가 없었다. 그냥 "할머니 디스플러스 한 보루 주세요~" 하면 아무렇지 않게 담배를 살 수 있었다. 가끔 담배를 손님에게 갖다 드리면 오백 원이나 천 원 정도 용돈을 받기도 했다. 그땐 늦은 시간까지 영업하면 안 되는 나라의 방침 같은 게 있었는데 부모님은 가게 셔터를 내리고 새벽까지 장사를 하셨다. 그 여파로 아침엔 주무신다고 바쁘셨고 난 같은 동네에 있는 할머니집에서 사촌동생들과 함께 어울려 지냈다.

우리 엄마 형제는 1남 4녀였는데 희한하게 한 명도 빠짐없이 모두 아들 하나 딸 하나의 남매를 슬하에 두고 있었다. 엄마는 그중 둘째였고 난 우리 집에서도 할머니의 손주들 중에서도 장남이었다. 할머니가 차려준 밥상에 둘러앉아 함께 먹고 자란 손주들은 그 수가 결코 적지 않았다. 첫째 이모 쪽에 두 명, 우리 집에 두 명, 삼촌 쪽에 두 명 해서 아이들만 총 6명이었다. 그땐 첫째 이모집도 같은 동네에 있었다. 삼촌은 할머니집에 자식을 버리고 집을 나가버리는 바람에 할머니가 사촌동생들을 도맡아 키웠다. 숙모는 진작에 삼촌 곁을 벗어나고자 도망간 지 오래였다. 지금 돌이켜 보면 그 많은 식구들의 배를 십 년이 넘도록 책임졌던 할머니가 참 대단하셨다.

확실히 나이 차이는 무시 못하는지, 그중 나와 자주 어울렸던 사촌은 첫째 이모 쪽에 있는 두 살 위의 사촌누나와 한 살 아래의 사촌동생이었다. 사촌동생과는 거의 친구처럼 지냈다. 동네 형들과 함께 어울려 다니며 딱지도 치고 게임도 같이 했다. 사촌누나와도 가깝게 지내긴 했는데 기억이 잘못된 게 아니라면 내가 엄청 짓궂게 까불었던 것 같다. 한 번은 말싸움이 붙었다가 누나가 말을 너무 잘해서 약이 바짝 올라 울어버린 적이 있었다. 아마 누나에게 덤비지 않은 건 그 이후였을 것이다.

우린 밤에만 각자의 집으로 떨어져 잤을 뿐이지 내내 한 밥상에서 삼시 세 끼를 해결하며 친형제처럼 자라왔다. 하지만 내가 중학생이 되면서부터는 어른들 사이의 문제로 몇 년 동안 떨어져 지내게 되었다. 붙어 있을 땐 그렇게 서로 치고받고 싸우질 못해 안달이었는데, 한동안 얼굴 한 번 보지 못하고 지내면서 우리의 관계는 부쩍이나 애틋하고 각별해졌다. 그러다 어른들의 냉전 상태가 어느 정도 완화되면서 연락이 슬슬 닿기 시작해 겨우 다시 얼굴을 볼 수 있게 되었다. 하지만 서로 집도 멀어지고 주변환경도 많이 달라져서 예전처럼 한 밥상에서 밥을 같이 먹게 될 일은 없었다. 그럼에도 물리적인 거리가 멀어진 만큼 마음의 거리는 훨씬 좁혀진 게 여실히 드러났다. 아침마다 사촌동생이 학교 같이 가자며 집 앞에 찾아올 정도였으니 말이다. 안 본 사이에 철이 다 들어버린 사촌누나는 전교 1등의 타이틀을 내걸고 있었다. 예전부터 성격이 야무진 건 알고 있었는데 결코 순탄하지 않은 집구석을 벗어나고자 독을 품고 공부를 했던 모양이었다.

어릴 적 놀리기만 했던 사촌누나는 어느새 나의 우상이 되었다. 가파르게 하락곡선을 타고 있는 우리 집보다 더 열악한 환경에 처한 것 같은데 그리도 열심히 공부를 할 수 있다는 게 대단해 보였다. '저 누나는 외계인이 아닐까'와 같은 생각을 남몰래 품기도 했다. 우리 아버지는 내게 공부 열심히 해서 한의사가 되라고 하셨지만 "공부는 어떻게 하는 거야?"라며 물어봐도 방법을 제대로 알려준 적이 없었다. 다행히 6학년 때 만난 담임 선생님에게 공부하는 방법을 배운 덕에 등수가 많이 오르긴 했다. 그런데 중학교로 올라가니까 다른 과목에 비해 수학만큼은 도저히 혼자서 풀 수가 없었다. 그래서 단과학원이라도 좀 보내달라고 했더니, "학원 다닐 거면 학교는 뭣하러 다녀?"라고 되받아치는 아버지에게 질리고 뿔이 나서 진작에 공부와는 담을 쌓고 살던 나였다. 그런 내 눈에 학원도 다니지 않고 혼자 공부해서 전교를 휩쓸고 다니는 사촌누나는 그저 신처럼 보일 수밖에 없었다.

우린 서로를 지지하고 응원하며 자랐다. 답이 보이지 않는 어른들의 인생을 답습하지 않고자 각자만의 필드에서 부단히도 노력해 왔다. 서로 별다른 말은 직접적으로 주고받지 않았지만 누가 봐도 부모처럼 살지 않기 위해 고군분투하고 있는 게 고스란히 드러났다. 나도, 누나도, 동생들도.

———

세월이 많이 흘러 우린 모두 성인이 되어 있었다. 대학을 가지 않고 일찍이 사회생활로 뛰어든 누나는 돈을 차곡차곡 모으며 잘 사는 것 같더니, 어느 날 갑자기 결혼을 하겠다며 지금의 매형을 가족들에게 소개했다. 인물 좋고 키도 컸지만 특히 남자다운 목소리가 인상적인 형님이었다(집도 잘 사는 것 같았다). 괜히 누나를 뺏기는 것 같아 이상한 질투심 같은 마음도 들었지만, 어서 행복한 가정을 꾸려 고생 좀 덜하고 살았으면 하고 바랐다. 누나의 결혼생활에 부디 전에 없던 축복이 깃들기를 희망했다.

누나의 결혼식이 있기 전에는 다른 결혼식을 서너 번 정도 가서 구경한 적이 있었다. 한 번은 친구 누나의 결혼식이었고, 나머지는 아마 멀지도 가깝지도 않은 친척들의 결혼식이었을 것이다. 그땐 아무 생각 없이 멀뚱멀뚱 서 있다가 밥만 먹고 왔던 기억밖에 없었다. 그에 비해 누나의 결혼식은 마음가짐부터가 확연히 달랐다. 진심으로 결혼을 축하하고 싶었고, 행복하길 간절하게 빌었고, 결혼식의 모든 과정을 처음부터 끝까지 놓치지 않고 눈에 담겠다는 의지가 확고했다. 주인공이 내가 아니었음에도 불구하고 잔칫날이 다가올수록 살짝 긴장이 될 정도였다. 마음 가까운 사람이 결혼하는 건 그때가 처음이었다.

하지만 예상치 못한 변수 앞에서 남몰래 품었던 나의 야심찬 계획은 물거품이 되었다. 예식장 입구 앞에 앉아 축의금 받는 아버지를 거들며 하객들에게 식권 나눠주는 일을 해야 했기 때문이다. 식을 처음부터 보지 못하는 건 아쉬웠지만, 그것 또한 누나를 돕는 일이었기에 어른들이 시킬 때 기꺼이 하겠다며 나서긴 했다. 그런데 경험이 없으니 앞에서 축의금을 받고 있으면 결혼식을 처음부터 보지 못할 뿐만 아니라 거의 끝까지 보지 못한다는 건 전혀 알지 못했다. 만약 진작에 그런 줄 알았더라면 처음부터 솔직하게 결혼식을 보고 싶다고 얘기했거나, 아버지에게 부탁을 해서라도 누나가 시집가는 모습을 먼발치에서라도 지켜봤을 것이다.

정신없이 식권을 나눠주고 있다 보니 이미 결혼식은 끝나가고 있었다. 하객들의 발길이 거의 끊길 때쯤 자리를 마무리하고 있는 아버지를 뒤로 하고 식장에 서둘러 들어갔더니 이미 단체사진을 찍고 있었다. 나에겐 그때 그 순간이 큰 충격으로 다가왔었다. 평생 한 번 밖에 없을 누이의 결혼식을, 바깥에서 생판 얼굴도 모르는 사람들 상대하느라 모조리 놓쳐버렸던 사실을 쉽게 받아들이기 힘들었다. 그런데 그때 마침 사진작가님의 목소리가 귀에 들어왔다.

"신부 측 직계가족분들 올라오세요~"

그 말이 귀에 꽂히자마자 1초의 망설임도 없이 단상 위로 뛰어 올라갔다. 보는 사람들 눈을 아랑곳하지 않고 당연히 내 자리가 거기겠거니 하고 당당하게 끼어들었다. 이모와 이모부는 당황하시는 듯했지만 누나와 매형은 정신이 없어서 무슨 일이 벌어지고 있는지도 모르는 것 같았다. 아무렴 어떨까 싶었다. 그렇게라도 기념을 해야 조금이라도 위안이 될 것만 같았다. 어릴 때부터 사촌누나를 친누나라 생각했고, 누나도 날 친동생으로 여길 것이라 믿어 의심치 않았다. 원래 같으면 이모부, 이모, 사촌누나, 매형, 사촌동생 이렇게 5명이서 사진을 찍어야 했다. 하지만 그들과 함께 사진을 찍기 위해 눈에 불을 켜고 덤벼드는 나를 막을 사람은 아무도 없었다. 그렇게 예정에 없던 객기를 부리는 바람에 누나의 결혼식 사진에는 나까지 6명이 액자 속에 고스란히 담기게 되었다.

그로부터 10여 년이 지난 지금, 그 해프닝은 용감했으나 부끄러운 흑역사로 남았다. 아직도 사촌 식구들만 모이면 난 놀림거리가 된다. 솔직히 이제 와서는 나도 그때 왜 그렇게까지 했을까 싶은 생각이 드는 게 사실이다. 지금으로서는 감히 상상도 하지 못할 일이다. 정말 사람은 무지할수록 용기가 샘솟나 보다. 언제 한 번은 매형의 어머니, 그러니까 누나의 시어머니 되시는 분이 결혼사진을 가만히 보다가 손가락으로 누군가를 가리키며 다음과 같은 말을 했더랬다.

"야~는 누고?"

(웃음)

———

　원래 난 결혼식에 대해 별다른 이견이 없었다. 나도 나중에 결혼할 때가 되면 남들처럼 예식장에서 결혼식을 올리면 될 거라 생각했었다. 하지만 누나가 결혼하는 과정을 가까운 곳에서 지켜보다 보니 이상한 점이 한두 가지가 아니었다.

　아버지는 양복을 입는데 어머니는 왜 한복을 입을까. 두 남녀가 혼인서약을 하고 함께 살아갈 날을 축복하는 자리인데, 결혼을 치르는 당사자도 하객도 화려한 장식에만 치중하는 건 기분 탓일까. 폐백은 요즘 시대와 맞는 절차인 걸까. 언제부터 결혼식이 번갯불에 콩 구워 먹듯 1시간도 채 되지 않는 시간에 끝나버리는 허무한 행사였던가. 생애 한 번뿐인 결혼식이 성대한 잔치가 아니라, 예식장이라는 공장에서 부부를 제품 찍어내듯 보이는 건 나만 그렇게 느끼는 걸까. 축의금은 꼭 받아야만 하는 걸까. 어차피 받은 만큼 돌려줘야 하는 거라면 안 주고 안 받는 게 속 편하고 깔끔하지 않을까. 돈이 아무리 중요하다 한들 그놈의 축의금 때문에, 결혼식의 주인공과 가장 가까운 가족이 불가피하게 식을 보지 못하고 희생하는 건 왜 모두들 당연하게만 생각하는 걸까. 결혼식은 과연 누구를 위한 행사일까. 요즘의 결혼식은 결혼식이 맞는 걸까.

특히 누나가 시집가기 전까지만 해도 예식장에서 치르는 결혼식이 그렇게 빠듯하게 돌아가는 건 줄은 몰랐다. 식순이 끝나지도 않았는데 이름 모를 수백 명의 사람들이 다음 순서를 기다리느라 입구 앞에서 진을 치고 있는 광경을 보면서 묘한 회의감이 들었다. 결혼식이 인생의 큰 잔치인 건 맞지만 그토록 정신없고 시끄러운 분위기 속에서 꼭 치러야만 하는 건가 싶었다. 난 틀에 갇히고 뭔가에 쫓기는 건 질색하는 편이다. 그런 내 눈에 우리나라 결혼식 문화는 비약적인 발전을 이루고 있는 시대와 부합하지 않는 요소들이 참 많은 것 같았다.

결과적으로 누나의 결혼식은 잔잔했던 마음에, 결혼식에 관한 여러 가지 의문과 불편한 감정으로 똘똘 뭉친 파도가 일게 된 최초의 계기가 되었다. 난 결혼의 본질과는 전혀 관계없는 것들에 시간과 에너지를 투자하고 싶지 않았다. 두 사람이 부부가 되었음을 알리는 것에 지나지 않는 행사에 쓸데없이 많은 힘을 들이긴 싫었다. 생각해 보면 결혼식이란 해도 그만, 안 해도 그만인 것이었다. 연인관계가 부부로 승격하는 건 서로 간의 진실한 약속이 전부이니까. 아무리 남들이 우러러볼 만큼의 화려한 결혼생활을 뽐낼지언정, 서로 간의 신뢰가 무너지면 그 어떤 관계라도 끝이니까. 그런 걸 보면 우리네 삶을 좌지우지하는 것들은 눈에 보이지 않는 것들이 대부분이다.

그녀와 헤어진 후 결혼을 결심하다

지금의 아내를 만나기 이전에 만났던 사람과는 약 3년 간의 연애를 했었다. '그 사람'과도 어느 정도 결혼에 대한 생각이 있었다. 짧지 않은 기간 동안 사귀면서 다투지도 않고 별 탈 없이 무난하게 잘 지내기도 했다. 그런데 어느 순간부터는 알 수 없는 이유로 다음과 같은 생각이 들었다.

'더 좋은 사람을 만날 수 있지 않을까'

분명 관계는 아무런 문제가 없었다. 이대로라면 계속 만나도 충분히 괜찮을 거라고도 생각했다. 하지만 언제부터였을까. 딱히 특별한 계기도 없었던 거 같은데 이상하게 마음이 겉돌기 시작했다. 애정이 남아 있는데도 불구하고 '그 사람'에게 온전히 집중하기가 힘들었다. 혼자서 마음 정리가 되지 않았던 나는 잠시 생각할 시간을 갖자는 말을 직접 만나서 전했다. 그렇게 사권 지 3년 만에 처음으로 '그 사람'과 난 아무 연락도 주고받지 않은 채, 일주일 동안 관계의 종착지를 곱씹으며 각자만의 시간을 보낸 후 다시 만나기로 약속했다.

그 후 며칠이 지난 뒤에 대학교 후배와 만날 일이 있어서 카페에서 잠깐 보기로 했었다. 전에 빌렸던 책을 돌려주기 위해서였다. 근데 하필 그 후배는 '그 사람'의 친한 친구였다('그 사람'과는 이때 만난 후배를 통해 알게 되었다). 책을 돌려주는 타이밍이 참 얄궂긴 했어도 딱히 신경을 쓰진 않았다. 당장의 관계가 위태로운 연인의 친구이기 이전에 원래부터 친하게 지냈던 후배이기도 했고, 나와 '그 사람'과의 냉전 상태를 아는지 모르는지도 몰랐기 때문이다. 그 부분에 대해서는 언급할 생각도 없고 말이다. 그냥 빌린 책만 돌려주고 올 생각이었다.

그런데 하필 그 타이밍에 후배와 만나게 된 건 정해진 수순이었을까. 그때 난 생각해 본 적도, 원하지도 않았던 소식을 후배로부터 전해 듣게 되었다. '그 사람'은 진작에 마음의 정리를 끝냈을뿐더러 벌써부터 다른 사람과 연락을 시도하고 있다는 소식을 말이다. 더불어 후배는 "내 친구이긴 하지만 오빠가 더 좋은 사람을 만났으면 좋겠어."라며 의미심장한 권장을 하기도 했다.

"그리고 차라리 오빠를 조금 더 늦게 만났으면 좋았을 거래.

오빠가 결혼 상대로는 참 좋을 거 같은데 자기는 다른 사람도 좀 더 만나보고 싶데."

난 그런 말을 듣고도 아무렇지도 않은 듯 애써 담담한 척 연기를 했지만, 안으로는 감당하기 힘든 현실을 서서히 받아들이고 있었다. 혹시 안 받아도 될 충격을 감내하고 있진 않을까 싶은 마음에 후배와 헤어지고 나서는 약속의 일주일을 깨뜨리고 '그 사람'에게 연락을 취해봤다.

그런데 답장이 존댓말이었다.
상황은 이미 끝나 있었다.

연인은 작전이라도 짠 것처럼 관계가 멀어지는 시기조차도 같은 곳을 바라보게 되는 걸까. 내가 전에 없던 마음의 혼돈을 겪고 있을 때 '그 사람'의 상태도 나와 크게 다르지 않았던 모양이었다. 혹은 마음의 정리를 훨씬 일찍부터 남몰래 하고 있었거나.

———

의외로 '그 사람'과의 관계가 끝나고 나서 한동안은 그냥저냥 괜찮게 살았다. 힘들지도, 우울하지도, 보고 싶지도 않았다. 3년을 만난 사람과 생판 남이 되었음에도 별다른 반응이 없는 게 그저 신기할 따름이었다. 하지만 그건 충격이 너무 컸던 나머지 아무것도 느낄 수 없어서 그랬던 것인지도 모른다. 한 3개월쯤 지나고 나니 뒤늦게서야 이별의 고통이 서서히 마음에 스며들기 시작했다. 그런 경험은 또 처음이었는데 겪어보니 차라리 애초부터 힘든 게 나았다. 다행히 별 탈 없이 잘 지나갔을 거라 방심하던 찰나에 난데없이 들이닥친 감정은 차마 감당하기 힘들었다. 난 또 초반에 아무렇지도 않길래 그동안 헤어진 경험이 많아서 적응이라도 된 건가 싶었다. 그러나 그건 크나큰 착각이었다. 깊은 관계의 연결고리가 한순간에 끊어지는 데서 오는 통증은 자주 경험한다고 적응되는 그런 수준이 아니었다.

이별의 아픔을 여미느라 잠시 외면했던 현실을 둘러보니 인생 전체를 통틀어서 가장 밑바닥이었다. 날씨가 맑아도 꼭 비가 오는 것처럼 느껴지는 지옥 같은 일상을 보내면서 지난날들이 주마등처럼 스쳐갔다. 나름 괜찮은 사람이 되어 가고 있다고 생각했는데 반은 맞고 반은 틀린 것 같았다. 반은 맞다고 생각한 이유는 한 사람과 헤어지고 새로운 사람을 만날 때마다 교제기간이 점점 늘어났기 때문이고, 반은 틀리다고 생각한 이유는 항상 끝이 안 좋았기 때문이다. 새로운 사람과 연인관계를 맺고 서로를 알아가는 과정까진 순조로웠으나 애석하게도 끝이 매번 엉망이었다. 물론 좋은 이별이 어딨겠냐만은.

대체 뭐가 문제인 건가 싶었다. 누가 알려주면 참 좋겠다고도 생각했다. 하지만 골똘히 머리를 싸맨다고 답이 나오는 건 아니었다. 애초에 그리 쉽게 알 수 있는 거였으면, 진작에 잘못을 알아차리고 자체적인 반성을 통해 마음가짐과 행동거지를 개선했을 터였다. 막연하고 답답했지만 달리 방도가 없었기에 착잡한 마음을 안고 그 상태로 몇 달을 더 지냈다.

그러던 어느 날,
갑자기 어떤 생각이 뇌리를 스쳤다.

'아, 내가 문제였구나.'

문제는 멀리 있지 않았다. 멀쩡한 관계를 숱하게 무너뜨렸던 원인은 바로 만족하지 못하는 마음에 있었다. 난 항상 '이미 괜찮음'을 누리지 못하고 자꾸만 뭔가를 더 원했다. 가질 수 없는 것을 좇았다. 평소 연인에게 겉으로 티를 내지 않았을 뿐이지 '이렇게 하면 좋을 텐데', '저렇게는 좀 하지 않으면 좋겠는데' 따위의 생각을 알게 모르게 많이 해왔었다. 달리 말해 그 사람을 그 사람으로서 바라보지 못하고, 그 사람이 그 사람 이상의 존재가 되어주기를 바라는 것도 모자라, 그 사람이 내가 원하는 만큼의 인간으로 거듭나기를 원했다. 그렇게 연애기간이 길어질수록 주제넘는 욕망이 차오르는 걸 어찌할 줄 몰라 되려 그에 좀먹히기 일쑤였으니, 당연히 상대방에게 온전히 집중할 수가 없었던 것이다. 얼토당토 안 한 희망을 품은 시점부터 관계의 끝은 이미 정해진 것이나 다름이 없었다. 마음이 엉뚱한 곳을 향하고 있으니까, 내 사람을 코 앞에 두고도 제대로 알아보지 못하는 눈 뜬 장님이 되는 건 지극히 당연한 일이었다.

10년이 넘도록 책을 읽어오면서 '모든 문제는 자기 자신이 만들어 낸다', '모든 해답은 내 안에 있다'와 같은 말들을 수없이 접했고, 그 말들의 저의를 충분히 이해하고 있다고 생각하며 살아왔다. 그러나 알고 있다고 여기는 것과 실제로 아는 것은 천지차이였다. 난 앞서 말한 것들을 지식선에서만 담고 있었을 뿐 도통 지혜로써 활용하질 못했다. 만약 그런 지혜를 몸소 체득하고 있었다면 남몰래 품고 있던 불만들이 스스로 창조한 것임을 알아차리고, 진작에 현실을 왜곡하는 망상으로부터 벗어나야 했을 것이다. 소중한 사람을 잃기 전에 말이다.

참 어리석게도 상대방에게 있다고 생각한 모든 문제는 내가 직접 만들어냈다는 사실을, 사랑하는 사람과 5번이나 헤어지고 나서야 겨우 깨닫게 되었다. 무지함을 인지하기는커녕 스스로 잘났다고만 여겼던 지난 세월들이 한없이 부끄러웠다. 더불어 그동안 나와 남다른 인연을 맺었던 이들에게 미안한 마음도 들었다. 난 나밖에 몰랐고 그만큼 이기적이었다.

———

옛날부터 서른 살 즈음이 되면 안정적인 직장을 다니며 사랑하는 여자와 결혼해서 화목한 가정을 꾸려나가고 있을 줄 알았다. 하지만 막상 서른 살이 넘어가는 시점에 마주한 현실 속의 난, 분에 넘치는 욕망을 주체하지 못하는 바람에 모든 걸 잃어버린 루저에 불과했다. '넌 뭘 해도 잘할 거야', '다른 사람은 몰라도 왠지 넌 성공할 것 같다'라는 말을 살아오며 꽤 자주 들어왔다. 매번 그런 말을 들을 때면 겸손 떠느라 손사래를 치며 애써 부정하곤 했지만, 사실 마음속으론 나도 내가 그렇게 될 줄 알았다. 시키지 않은 일도 필요할 것 같으면 알아서 잘하고, 하는 것마다 기본엔 충실하되 더 좋은 방법은 없는지 항상 고민하면서 나름 열심히 살아왔으니까. 하지만 세상은 무작정 노력만 한다고 성공할 수 있는 그런 단순한 세계가 아니었다. 인간관계, 사회생활, 자아실현 그 어느 하나 쉬운 게 없었다. 그렇게 절망감에 젖은 채로 계속 패배자의 삶을 살아갈 법도 했다. 그런데 이때 난 정황상 말도 안 되는 결심을 하게 된다.

'나 이제 결혼해도 되겠다.'

'모든 문제는 내가 만들어 낸다'라는 아주 단순하고도 자명한 진실을 몸소 깨닫고 나니 그 어느 때보다도 결혼에 대한 의지가 확고해졌다. 비록 사회적인 조건은 여전히 형편없었지만 내면적으로는 완벽하게 결혼할 준비가 됐다고 생각했다. '난 아무런 문제가 없다', '난 이미 잘하고 있다', '대부분의 잘못은 상대방이 일으킨다'와 같은 말도 안 되는 생각에 잠식당하지 않고 상대방을 있는 그대로 바라보려 한다면, 누굴 만나든 이전의 어리석은 패턴을 답습할 일은 거의 없을 거라고 확신했다. 그러니까 배우자를 한 여자이기 이전에, 한 명의 사람이기 이전에, 하나의 존재로서 인정하고 존중할 수만 있다면 오랫동안 좋은 관계를 무탈하게 유지할 수 있을 것 같았다.

이미 연인과 더할 나위 없이 잘 지내고 있으면서도 갖은 불만을 품었던 건, 모든 문제를 스스로 만들어 냈다는 사실을 알아차리지 못했기 때문이었다. 심지어 그 모든 것의 원인을 엉뚱한 데서 찾아 헤맸기에 더 그럴 수밖에 없었던 것이다. 그러니 나만 잘하면 될 일이었다. 정말 나부터 잘하면 아무런 문제가 없을 터였다. 물론 나만 잘한다고 해서 문제가 100% 일어나지 않는 건 아니다. 나 혼자 애쓴다고 해서 무조건 사이좋게 지낼 수 있는 것도 아니다. 아무리 마음가짐이 올곧을지언정 상대방과 좋은 관계를 이어가려면 서로 결이 어느 정도는 맞아야 했다. 그럼에도 타인의 자질보다는 내 생각부터 똑바로 하고 내 마음부터 바로 잡는 게 훨씬 더 중요하다고 여겼다. 내면이 정립되지 못한 상태로는 그 어떤 사람을 마주하더라도 건강한 만남을 가질 수 없을 테니까.

요컨대 숱한 이별의 쓴 맛을 보고 나서야 난, 나부터 괜찮은 사람이 되는 것이야말로 남은 여생을 배우자와 함께 하기로 결심한 자가 취할 수 있는 최선이자 최고의 자세라는 걸 깨우치게 되었다. 그 후론 이제부터 새로운 인연을 만나게 되면 상대방의 존재 자체를 존중하며 후회 없이 사랑할 거라 다짐했다. 끝없이 바라고 원하는 욕망에 이끌려 전과 같은 실수를 저지르지 않도록 세상과 인간에 대한 공부도 꾸준히 하면서 말이다. 희한하게도 마음의 태도를 단직하게 여미니까, 곧 다가올 인연은 앞으로 평생 함께 할 사람이 될 것만 같은 예감이 강하게 들었다. 비록 남들에 비해 가진 건 쥐뿔도 없었지만, 왠지 사람만 만나게 된다면 결혼은 충분히 할 수 있을 것 같았다.

그래서 기다리기로 했다.
훗날의 아내가 될 사람을.

쥐뿔도 없이 아내를 만난 비결

"올해 몇 살이고?"
"31살입니다."
"결혼하긴 글렀네."
"예?"

"나이도 먹을 만큼 뭇는데 애인은 없고 모은 돈도 없이 연고도 없는 지역으로 넘어왔으니까 결혼은 못 한다 봐야지 않겠나. 그렇다고 니가 키가 큰 것도 아이고 잘 생긴 것도 아인데, 이빨에 철길까지 이쁘게 깔았으이 말 다 했지 뭐."

30대 초반의 나이에 가진 것도 이룬 것도 없어서 자포자기하는 심정으로 고향인 대구를 떠나 구미에 있는 직장으로 이직을 했었다. 그곳에서 처음 만난 형님에게 호구조사를 당하던 도중 위와 같은 말을 들은 것이었다. 헤벌쭉 거리며 놀리듯이 던진 말들이긴 했지만 그 어느 하나 틀린 것 없는 팩트 자체였다. 근데 그렇다고 해서 그를 속으로 저주하거나 심적으로 대미지를 입거나 하진 않았다. 이제 막 알게 된 사람이 나의 겉모습을 잣대 삼아, 대뜸 결혼은 못할 거라며 단정 짓는 결례를 범한 것임에도 정말 아무 상관이 없었다.

왜냐하면 난,
이상한 믿음이 있었기 때문이다.

난 상황이 어떻든 간에 사람은 어떡해서든 만나게 될 거라는 믿음이 있었다. 딱히 내세울 만한 게 없었음에도 불구하고 그 믿음은 거의 확신에 가까웠다. 어떻게 사람을 만날까라는 고민을 하기는커녕 되려 조만간 내 앞에 나타나게 될 사람을 기다릴 정도였다. 누가 이런 나의 은밀한 속내를 들여다본다면 얼토당토않게 여길 게 뻔하다. 그러나 사람을 만나기 위해 가장 우선적으로 취해야 할 자세는, 바로 온 마음을 다해 인연을 원하고 기다리는 것이라고 예전부터 생각해 왔다. 혹은 20대 시절 쉼없이 연애를 해왔던 나날들 속에서 알게 모르게 스스로 깨닫게 된 것일지도 모른다. 어쨌거나 그런 신념을 품고 있었기에, 곧 나를 스쳐갈 사람이 있다면 언제든 붙잡을 수 있게끔 나름의 준비를 해야 한다고 생각했다. 비록 이직했을 당시에는 인생그래프가 바닥을 기고 있던 상태였지만, 당장에 할 수 있는 것부터

해 나가면 될 일이었다.

　우선 직장 동료들과 어느 정도 친분을 다졌다고 판단이 든 시점에 모든 술자리를 거절하는 것부터 시작했다. 워낙에 다들 하나 같이 술고래들이어서 그들과 계속 어울리는 건 결혼은 고사하고 연애조차 하지 못하는 추월차선에 진입하는 것과 다름이 없었다. 친구들도 전처럼 자주 만나지 않았다(어차피 지역이 멀어져서 전처럼 보는 건 불가능했겠지만). 그렇게 벌어들인 시간은 독서와 운동으로 채울 심산이었다. 다만 운동하는 게 좀 고민이었다. 그때 다니던 회사는 3교대로 근무하는 곳이어서 퇴근시간이 오후 3시, 밤 11시, 아침 7시였기 때문이다. 근데 다행스럽게도 마침 기숙사 근처에 24시간 헬스장이 있길래 그곳을 적극 활용했다. 동이 튼 아침이든, 달빛이 환한 새벽이든, 퇴근하면 무조건 헬스장으로 직행했다.

　그 와중에 독서모임에도 가입했다. 30대 직장인이 자연스레 사람을 만날 수 있는 최적의 경로는 두말할 것 없이 모임이었다. 사실 구미로 이삿짐을 옮기면서부터 독서모임에 들어가는 건 진작에 마음을 먹고 있던 터였다. 다른 주제의 모임도 많이 있긴 했지만 그쪽으로는 일말의 고려도 하지 않았다. 원래부터 독서가 확고한 취미였던 만큼 내가 한 명의 회원으로서 왕성하게 활동할 수 있는 곳은 독서모임밖에 없었기 때문이다. 사람

만나는 것도 좋지만 모임과 관련된 활동부터 집중하는 게 우선이었다. 그래서 모임에 들어간 후로는 평소보다 책을 더 열심히 읽었고 정기모임이든 번개모임이든 뭐라도 열리면 웬만해서는 참석했다. 책을 읽고 난 후의 소감을 원활하게 공유하고자 대본까지 만들어 갈 정도로 매 자리에 정성으로 임했다. 무리하지 않는 선에서 가능한 한 적극적인 자세를 고수하는 게 나를 건전하게 어필할 수 있는 가장 적절한 방법이라고 생각했다.

결과적으로 그 전략은 나름 성공적이었다. 지금의 아내가 모임에 들어와서는 얼굴도 본 적 없는 내게 묘한 호기심이 생겼었다고 한 걸 보면 말이다.

———

그녀는 내가 독서모임에 가입한 뒤, 약 4개월 정도 후에 모임에 들어왔다. 그땐 모임이 한창 활발하던 시기였다. 한 번 자리가 열리면 10명 이상은 우습게 참석할 정도로 분위기가 뜨거웠다. 원래는 30명 남짓했던 회원 수가 여세를 몰아 우후죽순 늘어나더니 어느 순간에는 60명이 훌쩍 넘어가게 되었다. 물론 좋은 일이었지만 한편으로는 그게 감당하기 버거웠던 모양이었다. 한날 모임장이 느닷없이 연락이 와서는 운영진을 부탁해도 되겠냐며 협박에 가까운 제안을 해 온 걸 보면 말이다. 부담스럽고 귀찮기만 할 것 같아서 내심 하기 싫었지만, 지금에 와서 보면 그 제안은 받아들이지 않으면 절대로 안 될 일이었다. 왜 냐하면 운영진이라는 감투를 쓴 기념으로 야심 차게 작은 모임을 하나 열었는데, 그때 훗날 나의 배우자가 될 사람이 내 세상에 등장했기 때문이다.

모임을 여기저기 많이 참여해 본 건 아니지만, 어느 모임을 가도 서로 얼굴조차 모르는 비슷한 연령대의 두 남녀가 1:1로 마주하는 건 되게 이례적인 일이었다. 그런 그림은 거의 소개팅이나 다름없었다. 더군다나 참석자가 저조한 모임은 보통 깨지기 마련이다. 하지만 난 그때 운영진으로서 처음 개최한 모임이라 나름 준비한 게 많았었다. 때문에 온다는 사람이 아무리 없더라도 끝까지 시간을 비워놓으려고 했다. 다행히 약속시간이 얼마 남지 않았을 때 극적으로 한 사람이 참석의사를 밝혔는데, 그게 바로 지금의 아내였던 것이다. 그렇게 그녀는 혼자서 당당하게 나와 마주했다. 우리의 첫 만남은 그렇게 이루어졌다.

나에 대해 아는 거라곤 이름과 나이밖에 없었음에도, 모임 채팅방에서 사람들과 대화하는 걸 보면 보통내기는 아닌 것 같아 어떤 인간인지 궁금한 마음에 날 보러 온 거라고 하였다. 그게 그녀가 내 사람이 되고 나서야 밝힌 당시의 속마음이었다. 호기심을 먼저 가진 건 그녀였지만 첫눈에 마음이 뺏긴 건 내쪽이었다. 그래서 첫 만남 이후에 약 한 달 동안 아슬아슬하게 선을 지켜가며 그녀의 마음을 부지런하게 두드렸다. 그 결과, 충분히 스쳐갈 법도 했던 인연이 연인으로 발전하는 기적이 일어나게 되었다. 그녀와 내가 사귀기로 한 건 너와 나의 세계관에 교집합이 성립되기 시작한 기념일이기도 했지만, 다른 한편으로는 바닥으로 추락한 내 인생에 날개가 피어난 날이기도 했다.

독서모임에 가입해 열정적으로 활동했을 뿐인데 그녀의 우주에 내 인생을 엮을 수 있었던 비결은 단연코 그간의 꾸준한 독서경험 덕분이었다. 책을 읽지 않았다면 발톱을 적당히 감출 줄 아는 지혜도, 남의 호기심을 이끌어 낼 만한 말주변도 없었을 테니까.

———

아내와 연애를 시작한 건 직장 동료들에게 결혼은 글러 먹었다는 말을 들은 지 반년이 지날 즈음이었다. 그리고 반년이 한 번 더 지난 후에는 결혼정보회사에 명함도 내밀지 못할 만큼 갖춘 게 없는 나와, 탄탄하고 안정적인 직장을 다니고 있으며 스스로 벌어 마련한 34평 아파트와 자차를 보유하고 있는 아내는 결혼을 약속하게 되었다.

조롱인지 위안인지 분간하기 힘든 확언을 퍼부었던 직장동료들은 내 소식을 듣고는 쉽게 믿지 않았다. 연고도 없다면서 사람은 대체 어디서 만난 것이며, 만나서도 어떻게 사귈 수 있었는지 등의 질문을 숱하게도 해댔다. 그에 난 독서모임 들어가서 책 읽다 만났다며 있는 그대로 답해 주었다. 대개의 경우는 비현실적인 얘기를 듣는 것마냥 미적지근한 반응을 보였는데, 그중에서 독서모임 같은 게 실제로 존재했던 거냐고 되물어보던 게 가장 인상 깊었다. 왜냐하면 각자 살아가는 세상이 그렇게도 다르다는 게 여실히 드러나는 일종의 표지였기 때문이다.

누군가에겐 내가 아내를 만나 연애를 시작하고 결혼을 하게 된 과정의 전개가 납득하기 힘들 수도 있을 테지만, 난 충분히 일어날 만한 일이 일어난 것뿐이라고 생각했다. 아무리 결혼하기 위한 전제조건이 까다로운 시대일지라도, 모든 건 마음먹기에 달렸다며 철석같이 믿고 살았으니 말이다.

난 평소 나를 스치는 인연이 있다면 결코 쉽게 흘리지 않겠다는 신념을 지니고 살았다. 괜찮아 보이는 사람이 있는데 숱한 핑계를 들먹이며 만남을 회피하는 건, 진짜 괜찮은 사람을 만날 수 있는 기회를 대놓고 저버리는 것이라 간주했다. 그리고 서로를 알아가는 과정은 어중간하게 썸을 탈 때가 아니라, 사귀고 나서야 제대로 밟아갈 수 있는 거라고 생각했다. 손해 보기 싫은 마음에 갖가지 항목을 요목조목 따져가며 미리서 저울질하는 건 시간과 에너지를 낭비하는 일이라고 여겼다. 연이 닿는 사람이 있다면 우선은 만나보는 게 중요하다고 봤다. 예기치 못하게 상심하게 되는 순간을 맞닥뜨리는 한이 있더라도, 관심 가는 사람이 있으면 뜻을 솔직하게 표현이라도 하고 보는 게, 평생의 인연을 놓치는 것보다는 훨씬 나았다. 다친 마음은 시간의 힘으로 얼마든지 치유할 수 있는 반면에, 한 번 지나간 인연은 영영 돌아오지 않을 확률이 매우 높기 때문이다.

난 가진 건 쥐뿔도 없었으나 자존감 하나는 충만했다. 비록 당장의 현실은 녹록지 않았지만, 결코 세간의 술수에 놀아나는 꼭두각시로 어영부영 살지 않았다는 데서 우러나는 자부심이 있었기 때문이다. 뭐가 없어 보이는 건 겉으로 보이는 게 그럴 뿐이라고 생각했다. 그동안 이래저래 부딪히고 깨지며 겪어왔던 소중한 경험들은 고이 내 안에 살아 숨 쉬고 있으며, 언젠간 분명 그것들이 빛을 발하게 되는 순간이 꼭 올 거라고 믿어 의심치 않았다. 더불어 매 순간 더 나은 사람이 되기 위해 항상 책을 탐독하며 고민과 사유를 게을리하지 않았다.

집이 없다는 이유로, 모은 돈이 없다는 이유로, 변변찮은 재주 하나 없다는 이유로 스스로를 깎아내리거나 지난 세월을 후회하지 않았다. 현실적으로 어찌할 도리가 없는 것들은 신경 써

봤자 하등 달라질 게 없기 때문이다. 대신 현시점에서 할 수 있는 것들에만 집중하고자 했다. 예컨대 관심 가는 사람이 있으면 남들에 비해 미흡한 점들을 감추려고 애쓸 게 아니라, 일상 속의 평범한 것들을 사랑하며 매사 긍정적으로 살고자 하는 남다른 태세를 어필하는 것처럼 말이다. 특히 난 상대방을 생각하는 마음을 고스란히 전달하는 데 심혈을 기울였다. 그것이야말로 인연이 연인으로 발전하는 데 있어서는 가장 절대적인 요소라고 생각했다. 아무리 세상이 각박할지라도 여전히 진심이 통하는 세상이라고 믿었다. 넓은 집, 좋은 차, 사회적인 입지 같은 게 그저 겉치레에 불과하다는 건 의심의 여지가 없었다. 그 자명한 진실이 증명되는 사례는 주변 곳곳에서 심심찮게 드러나고 있으니까.

너와 나의 간극에 서로를 위하는 마음의 기반이 탄탄하지 않으면, 경험상 원만한 관계는 오래도록 유지하는 게 불가능했다. 그래서 난 관계를 대할 때면 '보이지 않는 것들'에 더 집중하고자 했다. 그것이야말로 여태껏 꾸준히 사람을 만날 수 있었던 비결 중에 비결이라고 생각한다.

사랑이 아무리 변한다 해도,
관계의 여부는 결국 사랑하는 마음에 달려 있었다.

상견례는 술과 함께

상견례가 있던 날, 예약한 식당에 도착하자마자 사장님에게 다음과 같은 말을 건넸다.

"일단 술부터 주세요."

밑반찬도 깔리지 않았는데 테이블 위에 소주 한 병, 맥주 두 병이 있는 걸 보고 아내와 난 서로를 바라보며 살짝 어이없는 웃음을 지어 보였다. 한편으론 이게 맞나 싶기도 했지만, 왠지 오늘 같은 날일수록 술의 힘을 빌리면 안 되던 일도 잘 풀릴 것만 같았다. 사고방식이 유연하고 은근 타율이 높은 아재개그를 현란하게 구사하는 장인어른과, 모두를 웃게 만들 정도로 상위 0.1%의 독보적인 하이텐션을 지니고 있는 우리 엄마의 조합이 나쁘지 않을 듯했다.

나도 그렇고 아내도 그렇고 상견례가 있기 한참 전부터 우린 서로의 부모님을 꽤 자주 뵀었다. 아내를 처음 아버지 어머니에게 소개했을 땐 아버지는 몰라도(아버지는 원래 속내를 잘 내비치는 타입이 아니다), 어머니가 정말 많이 흡족해하셨다. 아내가 막 잘 보이려 애쓴 것도 아니었다. 오히려 아내는 그날 냅다 기회다(?) 싶어서 비싼 한우만 맛깔나게 먹었을 뿐인데 어머니는 그런 아내를 마음에 고이 담아두신 것 같았다. 반면에 장인어른 장모님은 날 어떻게 봤을까. 지금 생각해도 솔직히 잘 모르겠다. 다만 확실하게 청신호라고 생각했던 순간은 있었다. 아나고 먹으러 오라는 장인어른의 전화를 받고 함께 찾아갔던 날, 느닷없이 아내가 결혼한다는 뜻을 밝히자마자 세상 환한 미소를 지으시던 장모님의 얼굴을 목격했을 때였다. 난 어른들에게 환하게 웃으며 능글맞고 살갑게 구는 타입이 아니어서 사실 좀 걱정을 했었는데, 그때 장모님의 미소를 보고선 이내 마음이 좀 놓였던 기억이 난다.

어쨌거나 좋은 날 좋은 뜻으로 모인 상견례 자리에서 서로 헐뜯고 싸우기야 하겠냐만은, 이왕 어렵게 성사된 자리이니만큼 다들 최대한 즐겁게 즐기다 가셨으면 하는 마음이 들었다. 우린 살짝 뒤로 물러나 최대한 어른들을 편하게 해 드리게끔 서포트를 해야겠다고 생각했다. 그날의 주인공은 우리가 아니라 그동안 나와 아내를 낳아주고 보살펴주신 부모님들이었으니까.

양쪽 부모님들은 약속시간에 딱 맞춰서 도착했다. 장인어른과 아버지는 정장을 입으셨고 엄마와 장모님은 상견례를 대비하여 새 옷을 사 입고 오신 모양이었다. 그런 네 분의 옷차림만 봐도 마음의 무게를 고스란히 느낄 수 있었다. 어른들은 어색한 티가 물씬 풍기는 인사를 선 채로 나눈 뒤에 자리에 앉으셨다. 테이블에 놓인 술병은 그제야 다들 발견하신 듯했다. 장인어른과 장모님은 미처 예상치 못한 것처럼 눈이 휘둥그레졌다. 그에 비해 아버지는 별다른 반응이 없었다. 엄마는 역시 대놓고 좋아했다.

마음의 부담을 덜어드리겠단 취지로 술부터 시키긴 했지만, 사실 한편으로는 약간 걱정이 되기도 했다. 무려 상견례를 하는 날인데 테이블에 아무것도 없이 술병만 덩그러니 올려져 있는 그림을 과연 상상이나 해보셨을까. 우리 부모님은 그렇다 쳐도 장인어른과 장모님이 어떻게 받아들이실지 쉽게 예상이 가지 않았다. 나름 연애기간에 비해 적지 않게 뵀다곤 하지만 여전히 날 어떻게 생각하시는지(솔직히 아직까지도 잘 모르겠다), 곧 결혼을 앞둔 딸 가진 부모의 마음이 어떤 건지는 잘 몰랐기 때문이다.

어쩌면 약간 홧김이기도 했던 우리의 돌발행동은 다행히 상견례 분위기를 좋은 쪽으로 유도하는데 어느 정도 긍정적인 영향을 끼친 것 같았다. 세상 부담스러운 자리일지라도 테이블에 떡하니 술이 있으니 자연스럽게 술잔을 주고받는 장면이 연출되었다. 확실히 알코올이 몸에 들어가니까 다들 마음이 조금은 놓이시는 것 같았다. 처음 어색한 인사를 나눌 때와는 달리 어느새 편하게 대화들을 나누고 계셨다. 방 안에는 웃음소리가 끊이질 않았고 중간에 난 속으로 '됐다'라고 되뇌며 작은 만세를 불렀다.

평소 강직해 보였던 장인어른도 긴장하셨는지 손을 떠셨다. 점잖아 보여도 한 번 터지면 이야기보따리가 쏟아지는 아버지는 그날만큼은 말을 많이 아끼시는 듯했다. 평소 시끄럽지도 조용하지도 않은 무탈한 타입의 장모님은 유달리 흥이 잔뜩 오르셨는데, 알고 보니 엄마가 말아주는 소맥을 몇 잔 마시고 그러신 거였다. 나중에 알게 된 건데 그날 장모님은 근래 들어서 술을 가장 많이 마신 날이자, 소맥의 참맛을 처음 알게 된 날이라고도 하셨다. 역시 우리 엄마였다.

희한하게도 양쪽 어른들은 나이도 비슷했다. 아버지와 장인어른은 한 살 차이밖에 나지 않았고, 장모님과 어머니는 동갑이었다. 그도 그런데 약간의 술까지 적신 탓에 자리가 끝날 때쯤에는 어색함이라곤 찾아볼 수 없는 즐거운 분위기가 내내 이어졌다. 평소 어머니의 음주를 재료 삼아 잔소리를 지겹게도 일삼던 아버지도, 그날만큼은 소주와 맥주가 난무하는 상차림을 너그럽게 받아들이기로 한 것 같았다.

그 좋은 분위기에서 나와 아내는 딱히 할 게 없었다. 그럼에도 편한 마음으로 가만히 있기보다는, 부모님들의 술잔이 비면 미리 따라드리고 오가는 어른들의 대화에 집중도 하고 호응도 하면서 최대한 긴장을 놓지 않으려고 애를 썼다. 그러다 문득, 와중에 음식을 아주 찰지게(?) 먹고 있는 아내가 눈에 들어왔다. 순간 나도 모르게 속으로 헛웃음이 나왔다. 꼭 옆 테이블에서 식사하고 있는 남처럼 여겨질 정도로 아주 편하게 그리고 열심히도 먹고 있었기 때문이다. 고개가 마치 반성이라도 하고 있는 사람마냥 들릴 새가 없었다. 난 그런 아내가 좋은 의미에서 참 대단한 사람이라고 생각했다. 원래부터 알고는 있었지만 정말 나와는 다른 성향의 소유자였다. 한편으로는 아내에게서 어머니의 낙천적인 모습이 보이는 것 같기도 했다. 아마 기분 탓이었을 거다. 그래서 그런지 먹방이라도 찍으러 온 듯 음식을 너무 잘 먹고 있는 아내가 유달리 사랑스러워 보이면서 동시에 다음과 같은 생각이 맘 속을 스쳤다.

"그래, 우리 둘 다 긴장할 건 없지."

　우리 부모님도 그렇고 아내 본가 부모님도 그렇고 시대가 변한 만큼이나 사고방식이 유연한 분들이어서 좋았다. 그럼에도 옛 문화의 끄나풀 같은 게 조금씩 드러나긴 했다. 이를테면 딸 가진 부모의 입장으로 장모님이 살짝 죄송스러운 마음을 내비친 것처럼 말이다. 사실 따지고 보면 가진 것도 내준 것도 없이 거의 무료(?)로 장가를 가는 내가 더 눈치를 봐야 했었는데도.

　사회적인 조건이 풍족할수록 결혼생활이 수월해지는 건 두말하면 잔소리다. 평소 책을 읽는 것도 그렇고, 힘들어도 의미를 찾을 수 있는 일을 하기 위해 여러 가지를 감내하는 것도 그렇고, 심지어 이런 글을 쓰는 것조차도 다 경제적으로 윤택해지기 위해서다. 경제력이 부부관계를 원활하게 유지하는데 있어서 상당히 큰 영향을 차지하니까. 다만 서로 사랑하는 마음만으로도 잘 살아왔던 시대에서, 서로 사랑하는 마음만으로는 결코 잘 살 수 없는 시대로 변해가는 세월이 야속하기만 할 따름이다. 그런 각박한 세상에서 겉모습만으로 상대방을 쉽게 저울질하지 않는 아내와 연이 닿은 건 생각할수록 운이 좋은 일이었다. 어릴 때부터 엄마가 날더러 복덩이라며 수도 없이 언급한 게 괜한 소리가 아니었나 보다.

뜻밖의 인연

예전부터 배우자와 결혼해서 아이도 낳고 알콩달콩 살아야겠단 마음을 품고 있었던 만큼 난 결혼식에 대해서도 딱히 별다른 이견이 없었다. 나 또한 부모님 집 안방에 걸려 있는 결혼사진처럼 멋들어지게 결혼할 줄 알았다. 그런데 성인이 되고 한 살두 살 나이를 먹어가면서는 생각이 많이 달라졌다. 주변인들의 결혼식을 종종 접하다 보니 그 안에서 배울 점도 있었지만, 그보다는 '꼭 저렇게까지 해야만 할까'라는 의구심이 더 많이 들었었기 때문이다. 비단 이런 생각을 하는 게 나뿐만은 아니었다. 시대가 변하는 만큼이나 결혼식과 관련된 여러 가지 절차와 문화를 미심쩍게 여기는 사람들은 꽤나 있었다. 물론 결혼이란 너와 나만의 소꿉장난이었던 게 우리와 너희의 연극으로 번지는 일이기 때문에 넘어야 할 산이 많은 건 사실이다. 근데 그렇다고 해서 마냥 암묵적인 룰을 순순히 따르기엔, 경제적인 여유가 넉넉지 않고서야 무리가 갈 수밖에 없는 게 명백한 사실이었다.

아무리 결혼식이라도 굳이 안 써도 될 돈이라면 웬만큼은 쓰고 싶지 않았다. 물론 그렇지 않은 사람이 세상에 어딨겠냐만은 내 기준은 좀 박한 편이다. 난 평소의 지출이 주변인들에 비해 거의 미미한 수준이다. 새벽에 글 쓴답시고 카페 가면 사 먹는 아메리카노 1,900원(새벽 5시부터 적용되는 모닝커피 할인가이다), 일일 수영권 끊을 때 3,500원, 퇴근 후에는 다른 카페를 가는데 거기선 보통 4,500원에서 5,000원 정도의 커피값을 지불한다. 매일 하다시피 하는 건 새벽에 카페를 가는 일이고, 수영은 그보다 빈도 수가 덜 하며, 저녁에 카페 가는 건 야근이 없는 등의 시간적 여유가 있을 때 가곤 한다. 이것 말고는 쓰는 돈이 거의 없다고 봐도 무방하다. 옷 한 벌 사 입는 법이 없고 갖고 싶은 물건도 없으니 들어온 월급 그대로 저축하는 건 내겐 그리 어려운 일이 아니었다. 원래부터 물욕이 없기도 했는데 글쓰기에 흠뻑 빠져 들면서부터는 글 쓰느라 돈 쓸 시간도 없게 되었다. 온통 머릿속에 글에 대한 생각밖에 없으니 세간이 쏟아내는 자극적인 상품들엔 눈길도 가지 않더라. 어쨌거나 그런 나여서 그런지 더욱이나 결혼식에 들어가는 비용이 좀 과하지 않나라는 생각을 내내 하고 살았었다. 누군가에겐 평생에 한 번뿐인 귀한 결혼식이겠지만, 내겐 평생에 겨우 한 번밖에 하지 않는 결혼식일 뿐이었다.

결혼식에 딸려 있는 절차를 일종의 법처럼 여기는 사람들이 적지 않은 것 같다. 이를테면 예물과 혼수를 마련하고, 결혼반지는 명품으로 해야 하고, 그간 뿌린 축의금을 걷어야 하고, 신혼여행은 해외로 가야 하는 등의 것들. 뭐 그런 것들도 저마다의 이유가 있고 그만큼 좋으니까 많은 사람들이 너도나도 하겠거니 싶음에도, 굳이 꼭 그렇게까지 다 갖추고 맞춰야 하나 싶은 마음은 영 변하지가 않는다. 그 모든 것들은 따지고 보면 단순히 보여주기 위한 겉치레에 불과할 뿐, 실제 결혼해서 잘 사는 것과는 전혀 무관한 것들이기 때문이다. 너와 내가 한 지붕 아래에서 오래도록 사이좋게 잘 지내는 게 난, 결혼의 본질이자 전부라고 생각한다. 그러니 1시간 남짓한 행사를 위해 필요 이상의 비용을 들이면서까지 남들 다 한다는 이유로 이것저것 따라 하고 싶진 않았다. 인생 전체를 놓고 보면 찰나의 순간을 스치는 것에 무리하게 돈을 쓰는 것보단, 예기치 못한 일이 닥쳤을 때 돈 때문에 무너지는 일이 없도록 저축이라도 하는 게 더 나았다.

특히 너와 나, 집안 대 집안, 그리고 우리와 남들 사이에서 이루어지는 은밀한 저울질은 사전에 뿌리를 뽑고자 했다. 밑도 끝도 없는 비교를 중심으로 펼쳐지는 그들만의 리그에 등 떠밀리듯 참가하는 건 곧 불행한 삶의 추월차선을 타는 일이라고 여기기 때문이다. '차이'를 느낄지언정 차라리 대중과 동떨어진 '여집합'에 속하는 게 무탈한 결혼생활을 위해서는 더없이 옳은 방향이라고 믿었다. 그런 까닭에 보편적인 결혼식 문화와 그에 따른 절차들을 고수해야 할 필요성을 전혀 느끼지 못했던 것이다.

———

보통 결혼식을 준비할 때 크게 들이는 비용 중 하나가 스튜디오, 드레스, 메이크업을 줄여서 부르는 '스드메'에 들어가는 돈이었다. 스드메는 예전부터 익히 들어서 그 명성을 알고 있었다. 보통 친구들이 결혼 날짜를 잡고 나면 스드메부터 알아본답시고 동분서주했기 때문이다. 세상물정 모를 때는 그것이 꽤 중요하겠거니 싶었다. 큰 비용이 들어가는 것도 그만한 이유가 있을 거라며 대충 넘기고 말았다. 결혼식 준비는 곧 스드메가 전부라고 여겨질 정도로 그놈의 스드메를 남발하는 이들이 워낙 많은 탓이었다. 그런데 정작 결혼식 당일의 본식과 그 이후에 드러나는 스드메의 결과물들을 보다 보니, 굳이 그렇게 비싼 돈을 줘가면서까지 꼭 해야 하나 싶은 생각이 머릿속에서 계속 맴돌았다. 오랜 시간 공들여 알아보고 적지 않은 돈을 투자한 것치고는 그 효과가 너무 미미하고 부질없게만 보였다.

내 눈에 스드메란 결혼식을 핑계로 억지로 만들어 낸 거품 낀 상품이라고밖에 여겨지지 않았다. 아무리 가성비 따져가며 싸게 했다 주장해도 비싸 보이기만 했다. 결혼식을 준비하는 사람들은 모두 하나같이 자신들은 할인 많이 받았다며 남들보다 진짜 싸게 했다며 외치곤 하지만, 마치 그런 후기조차 스드메에 딸려 있는 일종의 패키지만 같았다. "고객님, 주변 사람들에게 할인 많이 받았다고 소문 내주시면 10% 더 할인해 드릴게요." 라는 말이라도 들은 것처럼 말이다. 세상 모든 상품이 그렇듯 스드메도 마찬가지로 할인가가 곧 원가이지 않을까.

한번은 결혼한 지 1년 정도가 지난 친구집에 놀러 간 적이 있었다. 그런데 스튜디오에서 찍은 커다란 결혼사진이 든 액자가 신발장 위에 애물단지처럼 떡하니 놓여 있었다. 그걸 보자마자 생각했다. 웬만하면 결혼사진에 큰돈 들이지 말아야겠다고 말이다. 마침 생각이 비슷한 아내를 만난 덕에 우리는 결혼사진을 집에서 셀프로 해결하기로 했다. 거실에 있는 소파를 한쪽으로 치우고 흰색 벽지가 발라진 벽면을 배경 삼아 아이폰으로 찍었었다. 그때 아내가 입었던 드레스는 당근에서 5만 원 주고 구입한 것이었고(사진 찍고 다시 당근에 5만 원에 팔았다), 내가 입은 캐주얼 정장은 장모님이 상견례 때 입고 나오라며 사주신 것이었다. 그렇게 찍은 사진들은 카메라 앱의 기술력을 동원해 약간의 손터치로 보정하고 말았다. 그렇게 셀프로 찍은 사진들 중 잘 나온 것들은 모바일 청첩장에 첨부했고, 나머지는 인화해서 소액자에 끼워 넣고 결혼식 당일에 홀 주변을 장식했다. 액자에 든 우리 부부의 사진을 보던 사람들은 어느 스튜디오에서 찍었

냐며 물어보곤 했다. 아주 당연하게도 스튜디오에서 찍었겠거니 하는 이들이 대부분이었다. 그런 반응들을 접하다 보니 역시 돈 주고 사진을 찍지 않기로 한 건 나쁘지 않은 생각이었다고 생각했다.

개인적으로 주변인들이 스튜디오에서 찍었다는 사진들을 보면 하나 같이 배경부터가 인위적이어서 별로였다. 그래서 그런지 취하는 포즈도 그렇고 얼굴의 표정도 그렇고 모든 게 부자연스러워 보였다. 난 결혼을 기념하는 특별한 사진일수록 두 사람만의 분위기가 고스란히 드러나는, 그러니까 관계의 자연스러움이 물씬 풍기는 그런 류의 사진을 원했다. 오래 간직하며 두고 볼 거니까.

———

우리 부부는 결혼식을 돌잔치홀에서 치렀다. 돌잔치홀은 말 그대로 돌잔치를 전문으로 하는 공간이기에 그런 곳에서 결혼식을 치르고자 하니 나서서 준비해야 할 게 많았다. 업체는 단지 장소만 대여해 줄 뿐 나머지는 우리가 다 알아서 처리해야 했다. 일반 예식장에서 치르는 결혼식도 마찬가지겠지만 그와는 또 다른 느낌으로 신경 쓸 게 한두 가지가 아니었다. 하지만 덕분에 흔치 않은 경험을 할 수 있었고 뜻밖의 좋은 사람들을 만날 수 있었다. 특히 그때 만난 사진작가님이 기억에 많이 남는데, 그분은 아마 평생 잊지 못할 듯하다.

우리의 추억을 사진으로 담아주신 작가님은 아내가 맘카페 후기를 통해 알게 되어 고용하게 된 분이었다. 결혼식이 있던 날 단풍이 서린 경치 좋은 금오산 밑에서 만나 외부촬영을 하고, 본식 때 사진까지 포함해서 약 1,000장을 찍기로 사전에 계약했었다. 그분을 처음 보자마자 인상이 참 좋은 분이라고 생각했다. 고객을 상대하고 있다는 게 느껴지지 않을 만큼 특유의 밝은 미소가 전혀 꾸밈이 없어 보였다. 원래부터 그렇게나 환한 사람만 같았다. 우리 부부가 유달리 보기 좋다며 가슴이 뛴다는 말도 서슴없이 하곤 했다. 그 말이 아주 거짓은 아니었는지 최초로 계약했던 1,000장을 훌쩍 넘어 2,000장도 넘게 사진을 찍어주셨었다.

그뿐만이 아니었다. 우린 돌잔치홀에서 결혼식을 진행했던 탓에 주변정리를 해 줄 만한 일손이 부족한 터였다. 그런데 정말 감사하게도 작가님이 그 빈틈을 메꿔주셨다. 사진을 열심히 찍는 것도 모자라 홀에 찾아오는 손님들의 안내를 자진해서 도맡아 준 것이었다. 평범한 예식장이 아니었던 만큼 입구에서부터 결혼식이 열리는 돌잔치홀이 어딘지 몰라 헤매는 분들이 종종 계셔서 가뜩이나 그런 케어가 필요한 참이었다. 것도 모자라 홀

입구에서 어색하게 서 있는 부모님들에게 다가가 가벼운 스몰 토크를 주고받으며 긴장이 풀리게끔 도와주기도 했다. 그러고 서는 긴장이 풀린 모습이 보기 좋다며 순간을 놓치지 않고 그때의 사진도 많이 찍어 주셨다. 더 감사한 건 결혼식에 새로운 손님들이 찾아올 때마다 인사하는 우리 부부의 모습을 일일이 다 찍어주신 것이었다. 괜히 장 수가 2,000장을 넘긴 게 아니었다.

직업정신이 남다른 분이어서 그런지 본식이 진행되는 와중에의 동선도 기가 막히게 흡족스러웠다. 일전에 지인들의 결혼식에서 봤던 카메라맨들은 마치 본인들이 주인공이라도 되는 것마냥, 혹은 사진을 남기는 게 결혼식의 목적이라도 되는 듯이 무대 위를 종횡무진하곤 했었다. 때문에 사진이라도 한 장 찍을라 치면 카메라맨들의 등짝이나 얼굴이 자꾸만 나와 여간 곤란한 게 아니었다. 그에 비해 우리의 작가님은 하객들과 우리 부부 사이를 가르지 않았다. 그러면서 찍을 건 또 다 찍었다. 그야말로 선수였다. 주변에 결혼이든 돌잔치든 간에 사진 찍어야 될일이 있다면 적극 추천하고 싶을 정도로 감사한 분이었다. 참 귀인과도 같았던 작가님에게는 결혼식이 끝난 후에 계약했던 금액에 조금 더 돈을 얹어서 드렸다. 지금 다시 생각해 봐도 아깝기는커녕 더 드리지 못한 게 아쉬울 따름이다.

———

우린 사진작가님에 이어서 결혼식을 동영상으로 만들어 주실 영상 편집자도 한 분 더 고용했었다. 그런데 미처 예상치 못했던 불상사가 일어났다. 결혼식이 채 두 달도 남지 않은 시점에 느닷없이 개인사정이 생겼다는 문자 메시지 하나만 남기고서는 돌연 계약을 파기해버린 것이다. 무례하기 짝이 없는 그 사람이 한없이 원망스러웠지만 잔칫날이 코앞으로 다가와 있었기에 책망할 겨를도 없었다. 아내는 얼른 다른 사람을 알아봤고 급한 대로 재능판매 사이트를 통해 새로운 편집자분과 계약을 맺게 되었다.

　가끔 '인생사 새옹지마'라는 말이 실감 날 때가 있는데, 두 번째로 계약한 편집자분을 만났을 때 그런 생각이 들었다. 최초로 계약했던 편집자가 약속을 엎었을 땐 세상 막막했지만 결과적으로는 참 잘 된 일이었기 때문이다. 그분도 사진작가님과 마찬가지로 내 마음을 읽기라도 한 것마냥 거의 유령처럼 움직이셨다. 대체 언제 어디서 어떻게 찍었는지도 모를 만큼 여러 각도에서 다양한 장면을 담은 것치곤 도통 눈에 띄는 법이 없었다. 나와 아내뿐만 아니라 홀을 가득 메운 하객들의 다양한 모습도 꼼꼼히 찍어 주신 것도 특히 좋았다. 접시에 음식을 담아 오는 사람들을 중간중간 인터뷰하기도 하고(돌잔치홀이었기 때문에 본식을 구경하며 앉았던 자리에서 바로 식사들을 하셨다), 화장실 다녀오는 나를 붙잡고서는 아내에게 보내는 영상편지를 요청하기도 했다. 훗날 완성된 동영상을 받아 보니 우리의 결혼식을 담백한 느낌이 물씬 풍기게끔 잘 만들어주셔서 매우 만족스러웠다. 묘하게 은밀하면서도 더없이 알찬 분이었다.

운이 좋게도 결혼에 대한 전반적인 견해가 나와 크게 다르지 않은 아내를 만난 덕분에, 숱하게 상상만 해왔던 '적당한' 결혼식을 현실로 맞이할 수 있게 되었다. 그야말로 남들의 시선은 아랑곳 않고 세간의 흐름에 역행이라도 하는 듯한 잔치였다. 결혼식을 최소한의 비용으로 돌잔치홀에서 알뜰살뜰하게 치른 건 곱씹어볼수록 잘한 일이었다.

돌잔치홀에서의 결혼식

아무리 생각해도 예식장에서 치르는 결혼식은 쓸데없는 잔가지들이 필요 이상으로 많이 껴있는 것 같았다. 때문에 다른 방법은 없을지 계속 고민하고 있었다. 그러다 문득 아내가 집 근처에 있는 돌잔치홀이 어떻겠냐고 하길래 알아봤더니, 크기로 보나 구성으로 보나 비용으로 보나 우리가 지향하는 결혼식을 올리기에 상당히 적합한 장소일 것 같다는 판단이 들었다. 그렇게 우리 부부는 돌잔치홀에서 결혼식을 치르게 되었는데, 막상 경험해 보니 의외로 좋은 점이 많았다.

우선 시간이 넉넉했다. 보통 주어지는 게 1시간이 채 되지 않는 예식장에 비해 우리가 계약한 돌잔치홀에서는 3시간을 쓸 수가 있었다. 3시간이면 결혼식을 두 번 치르고도 남을 만한 시간이었다. 시간적 여유가 있으니까 본식이 끝나고 나서 식사하고 계시는 가족과 하객분들에게 인사하고 대화를 나눌 만한 시간이 많아서 좋았다. 하객들은 처음 앉았던 자리에서 장소를 이동할 필요도 없이 식도 구경하고 밥도 먹을 수 있었다. 밥 먹기 위해 꼭 식이 끝날 때까지 기다릴 필요도 없었다. 배고프면 홀 바깥에 있는 뷔페에서 바로 음식을 가져와 허기를 달래면 됐었다. 일찍 오신 분들은 본식이 시작되기 전에 미리 배를 채우고 디저트를 먹으며 구경하기도 했다. 처음 앉았던 자리에 앉아 결혼식도 구경하고 밥도 먹고 신랑 신부와 편하게 인사까지 나눌 수 있었던 게 특히나 좋았다고 하는 분들이 많았다. 나라도 그럴 것 같았다. 일반 예식장에서는 경험할 수 없는 일이니까.

아무래도 돌잔치홀이었던 만큼 신부대기실은 따로 없었다. 그리하여 우리 부부는 돌잔치홀 입구에서 하객분들을 함께 맞이했다. 난 그 부분이 참 좋았다. 나와 아내의 지인분들은 각자의 결혼 상대를 그날 처음 보는 게 대부분이었는데, 우리가 함께 서 있다 보니 서로를 소개해주기에도 좋았기 때문이다. 보통의 결혼식장에서는 신랑 신부와 사진 한 번 찍을라 치면, 신부 대기실에서 함께 찍을 법한 신부의 가까운 지인이 아니고서야 본식이 끝날 때까지 기다려야만 했다. 그마저 사람들 틈에 파고들어 개미콩알만 하게 찍히는 단체사진이 고작이었다. 반면에 돌잔치홀에서 함께 손님들을 맞았던 우리는 사진작가님의 남다른 서비스(?) 덕분에 대부분의 지인들과 사진을 함께 찍을 수 있어서 좋았다.

———

돌아가며 결혼식의 사회를 부탁하는 게 계모임을 하는 친한 친구들 사이에 맴도는 암묵적인 문화였음에도 굳이 부담을 주긴 싫었다. 친한 사이일수록 더 편하게 구경만 하다 갔으면 하는 마음이 있었다. 더군다나 내가 직접 준비했던 식순이 일반적이지가 않았기에 어떤 상황에서도 능숙하고 유연하게 진행해줄 사람이 필요했다. 그런 까닭에 돌잔치홀에서 활동하고 있는 사회자분을 모시게 되었다.

음악이 나오면 홀 뒤쪽에서 부모님들이 먼저 출발하고 뒤에 우리 부부가 순차적으로 입장하는 게 본식의 시작을 알리는 첫 순서였다. 입장곡은 아내가 고른 Redbone의 〈Come and Get Your Love〉라는 유쾌한 곡이었다. 마블 영화 〈가디언즈 오브 갤럭시〉 1편에서 주인공 스타 로드가 춤을 추며 등장할 때 함께 나오는 음악이기도 하다. 그런데 본식이 시작도 되기 전에 미처 예상치 못한 돌발상황을 마주했다. 넓어봤자 돌잔치홀이다 보니까 중간에 입장할 만한 공간이 나오지 않았던 것이다. 한 명은 족히 지나갈 수 있었지만 두 명이 여유롭게 지나가기엔 무리가 있었다. 그때 마침 사회자분이 재치 넘치게도 하객들에게 자리 좀 만들어달라며 부탁을 했다. 그랬더니 중간에 앉은 손님들이 우르르 일어나서 저마다의 테이블을 옮기며 나름의 버진로드를 다 같이 만들어 내는 진귀한 광경이 펼쳐졌다. 그에 사람들은 모두 웃기 시작했고 그 덕에 본식이 진행되기 전부터 홀 안엔 활기가 맴돌았다.

한편 입장하기 전에 부모님들에게 신신당부를 한 게 있었다. 음악이 나오고 나서 우리가 사인을 주면 그때부터 아주 천천히 걸어가 달라고 말이다. 그러나 부모님들은 음악이 들리자마자 사인 따윈 안중에도 없는 듯 갑자기 뛰쳐나가기 시작했다. 마치 누군가에게 쫓기기라도 하는 듯한 경보에 가까운 걸음걸이로 씩씩하게도 걸어들 가셨다. 그만큼 네 분 모두 한껏 긴장하신 것 같았다. 그런 부모님들의 뒷모습을 보고 있자니 나와 아내는 웃음보가 터지고야 말았다. 비록 계획은 보기 좋게 말아먹었지만, 덕분에 마음도 놓이고 긴장도 많이 풀려서 오히려 다행이라고 여겼다.

우리가 결혼할 때쯤에는 한창 글쓰기에 막 열이 오르고 있던 참이어서 성혼선언문은 직접 써서 인디자인으로 편집하여 만들었었다. 낭독은 아버지에게 부탁했다. 왠지 우리 아버지는 많은 사람들 앞에서 아무렇지도 않게 잘하실 수 있을 거라 생각했다. 하지만 예상과는 달리 평소 강인해 보였던 아버지도 많이 떨리신 모양이었다. 한 손에 마이크를 쥐고 성혼선언문을 읽는 동안 떨리는 목소리가 고스란히 느껴졌다. 그런 아버지의 모습은 태어나서 처음 보는 듯했다.

　다음 순서는 아내가 준비한 편지낭독이었다. 가족과 친구들 그리고 직장동료들에게 그간 하지 못했던, 그리고 하고 싶었던 말들로 채운 편지지를 읽는 시간이었다. 천장에 달린 빔 프로젝터 스크린에는 아내의 편지를 바탕으로 제작한 동영상을 띄우고 그 안에 자막을 넣었다. 특히 난 자막에 신경을 썼는데, 다른 결혼식에서 누가 무슨 말을 할 때면 잘 들리지 않았던 경험이 많기 때문이었다. 평소 닭똥 같은 눈물을 은근히 많이 흘리는 아내는 역시나 편지를 읽으면서도 눈물이 뺨을 타고 내렸다. 한창 준비할 땐 무덤덤해 보였는데 막상 사람들 앞에 서서 직접 편지를 읽어 내려가다 보니 감회가 남다른 모양이었다.

　다음은 내 차례였다. 난 예전부터 소박하지만 한 가지 하고 싶었던 게 있었는데, 그건 바로 하객들에게 전하고 싶은 말을 직접 전하는 거였다. 나와 아내가 어떻게 만났고, 어떤 마음으로 결혼을 약속했으며, 앞으로 어떻게 살아갈 건지에 대한 진솔한 이야기를 한 손에 마이크를 쥐고서 많은 사람들 앞에서 담담히 표현해 보이고 싶었다. 우리 부부의 축복을 빌어주기 위해 모인 분들에게 화려한 겉치레가 아닌, 깊은 속마음을 드러내고자 했다. 그들이 보지 못했던 우리의 과거와 앞으로 볼 일이 거의 없을 법한 우리의 미래를 상상이라도 해 볼 수 있게끔 말로써나마 전해라도 보는 게, 새신랑으로서 하객들에게 취할 수 있는 최선의 예의라고 생각했다. 눈에 보이진 않아도 진심이 담긴 뜻을 전하면 내 의도가 그들에게 가닿게 될 거라고 믿었다. 그 신념을 바탕으로 남은 여생을 배우자와 함께 하려는 자의 의지, 아내를 사랑하는 마음, 건강한 부부관계를 지향하는 자세, 그리고 일상을 사랑하고 시간을 소중히 대하는 남다른 가치관을 드러내고자 노력했다. 약소하지만 그것이야말로 가장 정성스레 준비했던 우리 결혼식의 메인이벤트였다.

마지막 순서는 부모님에게 감사패를 전하는 것이었다. 상패를 드리는 건 예전에 다니던 회사에서 어느 직원 분이 퇴사할 때, 대표님이 그동안 고마웠다며 별도로 제작한 상패를 줬던 것에서 얻은 아이디어였다. 미리 주문제작한 두 개의 상패에는 각자의 아버지 어머니에게 결혼을 앞둔 자식으로서 전하고픈 말이 새겨져 있었다. 돌잔치홀에서 결혼식을 올리는 것도 드문 일이지만, 본식이 진행되는 와중에 부모님들께 감사패를 드리는 건 더욱이나 보기 힘든 장면이지 않을까 한다. 사실 감사패는 부모님에게 드린 게 처음은 아니었다. 아내를 만나기 훨씬 전에 어릴 적부터 나를 손수 키워주신 할머니에게, 더 늦기 전에 무한한 감사의 마음을 전하고 싶은 마음에 상패를 만들어 드린 적이 있었다. 그래서 우리 할머니집 그리고 양쪽 부모님들 집에는 지금도 여전히 훤히 잘 보이는 곳에 감사패가 떡하니 자랑스레 놓여 있다. 그걸 볼 때면 진즉에 드리길 참 잘했단 생각이 들면서 뿌듯함이 절로 일어나곤 한다.

———

　아무래도 직접 준비한 식순으로 마련한 결혼식이다 보니 어설 픈 부분이 많은 게 사실이었다. 그럼에도 잔치를 직접 이끌어가는 느낌이 든 건 신선하고 좋았다. 사회자분이 순서를 혼동하거나 준비한 영상의 싱크가 어긋날 때면 수신호를 통해 맞춰가며 진행하기도 했었다. 그 과정에서 묘한 쾌감을 느꼈다.

　애초에 화려한 장식은 의미 없다고 생각했다. 결혼 당사자는 정신이 없어서 주변을 자세히 돌아볼 겨를도 없을 테고, 하객들도 남의 잔치엔 그리 큰 관심이 없을 터였기 때문이다. 아마 나름 특별하게 식을 꾸미고자 했어도 이미 다른 곳에서 수없이 봐왔던 진부한 절차에서 크게 벗어나진 못했을 거라고 생각한다. 그래서 우린 그냥 우리가 필요하다고 생각하는 요소들로만 채워서 결혼식을 만들었다.

　타당하고 합리적인 근거를 빌미로 결혼식을 돌잔치홀에서 하기로 한 건 맞지만, 걱정이 아예 되지 않는 건 당연히 아니었다. 뭐 우리 부부야 남들의 시선을 아랑곳하지 않는다 해도, 결혼식은 우리 둘만의 잔치가 아니긴 했기 때문이다. 그럼에도 걱정했던 것과는 달리 여태껏 자리한 결혼식 중에서 가장 편하고 좋았다는 어른들의 후기를 듣고서는 비로소 안심할 수 있었다. 물론 완벽한 진심인지 아닌진 알 길이 없다만, 직감상 너무 마음에 없는 소리처럼 들리진 않았기에 그나마 다행이라며 여길 수 있었다.

결혼식을 올린 사람들 중 몇몇에게서 끝나고 보니 허무하다라든지, 지나고 보니 아무것도 아닌 것에 괜한 돈을 쓴 것 같다라든지, 뭐가 어떻게 지나간 건지 하나도 기억나지 않는다 등의 아쉬운 소감을 종종 듣곤 했었다. 반면에 아내와 난 사람들 앞에서 공식적으로 부부가 됨을 선언한 날의 추억을 떠올릴 때마다 모든 게 완벽했다며 우리끼리 자화자찬하곤 했다. 그만큼 돌잔치홀에서 결혼식을 치른 건 정말 잘한 일이라는 생각이 든다.

그때 그날은 참으로 가성비가 훌륭하고 더할 나위 없이 담백했던 결혼기념일이자, 결코 잊지 못할 나의 생일날이었다.

PART. 2
저희 부부는 이렇게 살아요

신혼이지만 각방을 씁니다

　나와 아내는 금실이 더할 나위 없이 좋은 신혼부부임에도 각방을 쓴다. 각방 쓰는 건 결혼하기 훨씬 전부터 이미 합의를 본 터였다. 우린 연애를 시작하면서부터 곧바로 동거를 시작했는데, 그 당시에 한참 서로 죽고 못 살 때조차도 잠은 따로 잤다. 왜냐하면 각자만의 공간에서 잠을 자는 게 서로에게 더 좋은 일이라고 생각했기 때문이다. 그런데 어디 가서 각방을 쓴다고 하면 좀처럼 이해하기 힘든 눈으로 쳐다보는 사람이 은근히 적지 않았다. 심지어 욕에 가까운 비난을 퍼붓는 이도 있었다. "미쳤나. 결혼했으면 한 침대에서 같이 자야지 왜 방을 따로 쓰노."(아이러니하게도 이 말을 한 사람은 돌싱남이었다) 그럼에도 불구하고 전혀 아랑곳하지 않고 각방을 쓰는 게, 대신 같이 자고 싶은 날은 기꺼이 함께 하는 게 합리적이라는 것에는 나도 아내도 별다른 이견이 없었다. 그에 대한 몇 가지 이유를 대보자면 다음과 같다.

일단 첫 번째로는 각자 잠드는 시간대가 달라서다. 난 새벽기상을 시작한 후로 새벽 4시에서 5시 사이엔 일어나야 해서 보통은 10시쯤 자고, 늦어도 웬만하면 밤 11시는 넘기지 않는다. 아내는 원래부터 밤 9시나 10시 즈음이 되면 불 끄고 침대에 누워서 잘 준비를 하는 사람이었다. 이렇게만 보면 둘 다 비슷한 때에 자는 게 아니냐 할 수도 있지만 잠에 들기까지의 과정이 좀 다르다. 나 같은 경우 보통은 베개에 머리만 갖다 대면 곧바로 자는 편이다. 가끔 마음이 난잡하거나 잠이 오지 않을 때면 명상을 하기도 한다. 어쩔 땐 ASMR영상을 보다가 잠들 때도 있다. 그에 비해 아내는 자기 전 주로 SNS를 탐방하며 나름의 힐링타임을 가진다. 책 읽다가 슬며시 잠에 들 때도 있다. 가끔 드라마 정주행을 할 때면 자정 넘어 늦게 자기도 하고, 피곤하면 밤 9시가 되기도 전에 기절할 때도 있다. 이처럼 우린 둘 다 비슷한 시간대에 침대에 눕긴 하지만 그 이후로 완전히 곯아떨어질 때까지의 패턴이 많이 다르다.

우리의 열정이 가장 타오를 때는 스마트폰 없이 대화를 통해 서로 간의 견해를 공유할 때이지만, 여전히 침대 위로 스마트폰을 가져오는 습관을 아직 우린 극복하지 못했다(사실 그런 노력을 잘하지도 않는다). 고로 잠들기 전에는 평화롭게 각자 떨어져서 맘 편히 21세기를 양껏 즐기기로 무언의 합의를 본 것이다. 또한 자기 전에 침대에 누워서 하는 일들이 다른 만큼 서로의 숙면에 방해되는 요소가 함께 있을 때의 장점보다는 더 많다고 생각했다. 물론 배우자가 손 닿는 곳에 있지 않으면 그에 따른 아쉬움과 허전함이 일기는 한다. 그럼에도 각자만의 방식으로 하루를 조용히 마감하며 평온한 상태로 곤히 잠드는 것이 건강한 부부관계를 위해서는 되려 좋을 거라고, 우린 그렇게 판단했다.

두 번째는 일어나는 시간이 다르기 때문이다. 서로 불 끄고 침대에 눕는 타이밍은 비슷해도 하루를 시작하는 시간에서 우린 많은 차이가 난다. 아내의 모닝콜은 6시 50분에 있고 난 4시 30분에 맞춰져 있다. 그런데 아내는 한 번 잠에서 깨면 다시 잠들지 못할 때가 많다. 때문에 아내가 내 알람 소리에 눈을 떴다가는 맑지 못한 컨디션으로 하루를 시작할 수도 있는 것이었다. 사실 그게 가장 마음에 걸리는 부분이었다. 새벽에 일어나서 책 읽고 글 쓰는 거 다 좋은데, 내가 나 좋다는 일 하자고 아내가 매번 어중간한 시간에 잠에서 깨야 하는 희생을 감수해야 한다고는 생각지 않았다. 그런 까닭에 어찌 보면 일어나는 시간이 다르다는 것 하나만으로도 각방을 지향할 만한 여지는 충분하다고 보는 것이다. 아니면, 내가 예전처럼 출근 직전까지 퍼질러 자는 일상으로 회귀하거나.

각방을 쓰는 마지막 세 번째 이유는 엄연한 '차이'를 극복할 수 없어서다. 난 곰같이 무딘 나머지 옆에서 코를 골거나 이를 갈아도 잘 잔다. 음악이 들려도 방에 불이 켜져 있어도 아무 상관이 없다. 하물며 자다가 몇 번을 깨도 다시 잠에 드는 건 내게 그리 어려운 일이 아니다. 조금 덜 잔다고 해서 크게 피곤해하지도 않는다(실제 몸은 피곤한데 체감을 하지 못하는 걸 수도 있겠지만). 어쩌다 낮잠을 4시간씩이나 자더라도 평소처럼 원래 자던 시간에 누우면 마치 낮잠 따윈 잔 적이 없는 듯이 잘만 잔다. 그에 비해 아내는 예민하고 잠귀가 밝다. 그래서 보통 잠을 청할 땐 모든 걸 소멸시켜야만 하는 편이다. 새벽에 화장실 간답시고 잠시 깼다가 다시 잠들지를 못해 출근시간 전까지 날을 샐 때도 종종 있다. 가끔 함께 잘 때면 난 침대 끝에서 곧 떨어지기라도 할 것처럼 붙어서 자는데, 그 이유가 아마 옆에 있는 아내를 혹시라도 건드려 깨울까 봐서 그런 게 아닐까 한다. 보통 침대를 혼자 쓰면 정중앙에서 대자로 몸을 뻗고 자곤 하니까 영 틀린 추측은 아닐 테다. 그러니까 머리로는 아닌 것 같아도 무의식적으로는 그만큼 신경을 쓰고 있는 것이다.

둘 다 똑같이 덥거나 추워도 그 정도가 다르듯, 한 침대를 쓸 때면 기본적인 체온의 차이도 무시할 수 없었다. 가령 여름에 에어컨 온도를 더 낮추고 싶은데 아내는 이미 춥다거나, 겨울에 땀 날 것 같아서 그만 보일러를 끄려는데 아내는 되려 전기장판까지 꺼내들 수도 있는 것처럼 말이다. 이처럼 좁혀지지 않는 차이를 가장 평화롭게 극복할 수 있는 방법은 잘 때만이라도 서로 물리적인 거리를 두는 것이라고 생각했다.

　우리 부부에게 있어서 각방을 쓴다는 건 서로의 차이를 인정하고 존중하겠단 의향이 다분하다는 것을 증명하는 셈이었다. 그리고 우리라는 관계를 지키기 위해 받아들일 건 겸허히 받아들이고 취할 건 확실하게 취하자는 의미를 내포하고 있는 것이었다. 물론 함께 있는 게 좋긴 하다. 특히 우린 연애시절부터 지금까지도 큰 다툼 한 번 없이 잘 지내왔던 만큼이나 더욱 그렇다. 하지만 아무리 사이가 좋더라도 너무 붙어있는 것 또한 결코 좋지많은 않다는 걸 서로가 너무 잘 알고 있다. 둘 다 연애 경험이 적지 않았기에 두말할 것 없이 인정하는 부분이었다. 때문에 각자만의 공간에서 편안하게 하루를 마감하는 걸 전혀 나쁘게 받아들이지 않을 수 있었다. 다만 우린 잘 때만 떨어져서 잘 뿐이다. 특별한 일이 있지 않는 이상 자기 전까지는 대화를 나누기도 하고 재미난 영상을 같이 보기도 하면서 함께 시간을 보낸다. 그러니 각방을 써도 '부재'를 느낄 겨를이 없다. 사람이 잠에 빠져 들면 어차피 그때부턴 각자 개인플레이(?)로 진입하게 된다. 그런 점을 감안하면 부부라고 해서 꼭 같이 자야만 한다고 생각되지도 않을뿐더러, 한 침대를 쓰지 않는다는 이유로 섭함을 토로할 일도 없게 된다.

난 어릴 때부터 화목한 가정을 꾸리고 싶었다. 어쩌다 그런 생각을 갖게 됐는지는 잘 몰라도, 세상 물정 모를 때 품었던 소망치고는 나이가 들어감에도 그 마음은 조금도 약해지지 않았다. 때문에 결혼생활을 하고 있는 사람들을 가만히 지켜보면서 어떻게 하면 결혼해서도 행복하게 잘 지낼 수 있을까에 대한 고민을 자주 했었다. 그 숱한 고민 끝에 어느 순간 닿게 된 솔루션 중 하나가 바로 부부끼리 각방을 쓰는 것이었다. 왜냐하면 결혼 후에 사이가 멀어진 사람들을 보면 그렇게 될 수밖에 없는 이유들이 여럿 있는데, 그중 단연코 으뜸에 속하는 게 서로를 필요 이상으로 구속하는 것이었기 때문이다. 결혼했다는 이유로, 상대방의 남편 혹은 아내가 되었다는 이유로, 가족이 되었다는 이유로 당연하지 않은 것들을 당연하게 여기는 이들을 심심찮게 눈과 귀로 접할 수 있었다. 사랑하는 마음으로 만났으면서 결혼만 하면 왜 그리도 서로를 못 잡아먹어서 안달일까. 아마 내 생각에 그들은 '그렇게 해도 된다'라는 관념이 마음 깊이 뿌리내리고 있어서 그렇지 않을까 한다.

인간과 세상에 대한 탐구를 할수록 '그렇게 해도 된다'같은 건 전혀 없다는 걸 여실히 깨닫는다. 그렇기에 어떤 생각이나 행동의 근간이 단지 배우자라는 이유가 전부라면 최대한 경계하고자 한다. 아내는 배우자이기 이전에, 한 여자이기 이전에, 한 명의 인간이라는 독보적인 존재이기 때문이다. 그 자명한 진실을 항상 명심하면서 터무니없는 이유를 들먹이며 내 사람을 함부로 대하지 않으려 한다. 배우자를 함부로 대하는 건 나 자신을 함부로 대하는 것과도 다르지 않은 일일 것이다. 사람은 '당연함'에 매몰될수록 사유를 하지 않게 된다. 당연한 것들을 의심하지 않으면 그토록 사랑했던 사람조차 눈앞에 두고도 제대로 바라보지 못하는 눈 뜬 장님이 되는 건 시간문제다. 고로 사유의 부재는 생애 가장 특별한 관계를 맺은 사람을 허무하게 잃어버리는 비극을 불러오기에 부족함이 없는 인생적 결함인 것이다.

서로 사랑하는 마음을 기반으로 남은 평생 한 지붕 아래서 함께 살아가기로 약속하는 건 그 자체로 좋은 일이긴 하다. 하지만 그와 동시에 결혼을 한다는 건 멀쩡히 혼자 잘 지내고 있는 사람의 세계관에 막대한 영향을 끼치는 존재로, 서로가 서로에게 거듭나는 것과도 다르지 않다. 사람이라면 누구나 옆에 있는 배우자에게 잘해주고 싶고 좋은 모습만 보여주고 싶겠지만, 인생살이는 생각처럼 그리 쉽게 흘러가는 법이 없다. 하물며 자기 자신도 제대로 통제하지 못하는 게 인간의 특징이건만, 상대방의 세계관을 내 영역에 들이는 것도 모자라 적절한 조화까지 이뤄야 하는 건 상당히 복잡하고 어려운 일이다. 아무리 사랑하는 사람일지라도 눈에 보이는 겉모습만으로는 당최 속을 알 길이 없기에 '조율'은 결코 쉬운 게 아니다. 그래서 난 관계를 지키기 위한 시스템이 중요하다고 생각했다. 부부 사이가 개선되진 못할지언정, 최소한 서로에게 악영향만큼은 끼치지 않을 수 있는 그런 장치가 부부관계에선 꼭 필요하다고 봤다. 아무리 사소한 규칙이라도 있고 없고에 따라 결혼생활의 평화가 갈릴 거라 여길 정도로 말이다.

'남과 남'이었던 관계가 '너와 나'를 뛰어넘어 '우리'가 되었다 한들, 현실은 최초의 '남과 남'에서부터 전혀 바뀌지 않음을 인정하는 바이다. 배우자를 완벽한 타인으로써 끝까지 존중하려는 자세의 근본이 되는 이유다.

그래서 우린 각방을 쓰기로 했다.
서로의 관계를 지키기 위해.

우리가 사극톤으로 대화하는 이유

어느 날 아내의 제안으로 인해 우리 부부는 하오체로 대화를 주고받기 시작했다. 하오체란 예를 들면 다음과 같은 것이다.

"여보, 밥 먹었어?"가 아니라,
"여보, 밥 먹었소?"라고 하는 것.

"아침에 수영 다녀왔어."가 아니라,
"아침에 수영 다녀왔다오."라고 하는 것.

"된장찌개 맛있다."가 아니라,
"된장찌개 맛이 훌륭하오."라고 하는 것.

아내가 하오체를 제안했던 이유는 다름이 아니라 언제 일어날지 모를 다툼을 대비하기 위해서였다. 아무리 사이가 돈독할지라도 살다 보면 예기치 못한 마찰이 일어날 수도 있는데, 그런 상황에서 하오체를 쓴다면 갈등이 크게 번지게 될 일은 없지 않을까 하는 게 아내의 생각이었다. 처음 그 얘기를 들었을 땐 약간 당황스러웠지만, 관계를 지키기 위한 노력의 일환이라는데 수긍하지 않을 이유가 없었다.

하오체는 텍스트로만 보면 노부부의 대화 혹은 사극톤처럼 보이긴 한다. 그런데 막상 써보니 기대 이상으로 편하고 안정적이었다. 하물며 생각보다 꽤 재밌고 오글거리지도 않았다. 하오체의 기본 속성은 존댓말이어서 반말로 대화를 주고받을 때보다는 좀 더 서로를 존중하는 느낌이 든다. 그만큼 너와 내가 동등한 선상에 있는 듯한 중립적인 뉘앙스를 풍긴다. 처음엔 그 낯선 대화법을 쉽게 적용할 수 있을지에 대한 걱정이 앞서긴 했는데, 지금은 오히려 일반적인 말투를 주고받는 게 더 어색해져버렸다. 혹시나 이 글을 읽고 관심 가는 사람이 있다면 연인끼리 하오체로 대화해보는 걸 추천한다. 특히 연상 연하 커플에게 더욱더 권장하고 싶다. 단, 사극톤으로 말을 주고받는 건 묘하게 중독적이어서 우리 부부처럼 일상적인 말투로 돌아가는 게 힘들지도 모르니 그 점은 주의를 바란다.

———

가치관의 결이 비슷한 게 사이좋은 관계를 형성하는 데에 있어서 적지 않은 지분을 차지하긴 한다. 하지만 아무리 지향하는 바가 비슷하다 할지라도 가만히 앉아서 이루어지는 평화는 그 어디에도 없다. 두 사람이 살을 맞대며 사는 동안 오래도록 잘 지내기 위해선 그만큼의 노력이 필요하다. 하오체는 그런 노력 중 일부였다. 평소 독서, 글쓰기, 마음공부 등을 쉬지 않는 건 내 안의 욕구와 결핍을 채우기 위한 것도 있지만, 그에 못지않게 원만한 결혼생활을 하기 위한 것도 꽤 크다. 이미 더할 나위 없이 좋다면서 꼭 그리 치열하게 살아야겠냐고 한다면 당연히 그래야만 한다고 생각한다. 행복한 부부관계를 유지하기 위해서 상대방에게 잘 보이려고 갖은 애를 쓰는 것보다는, 내가 먼저 괜찮은 사람이 되는 게 더 좋은 방법이라고 보기 때문이다. 단언컨대 마음의 평안을 바랄수록 나부터 올곧게 살아가는 건 언제나 기본값이다.

가게만 차려놓고 테이블에 앉아 한없이 티비만 쳐다보고 있으면 장사가 되기는커녕 오던 손님도 나가떨어지기 십상이다. 그처럼 부부관계도 크게 다르지 않다고 본다. 넋 놓고 살던 대로만 살다가는 서서히 일어나는 내외적인 변화를 받아들이지 못할 확률이 높으니까. 야속하게 흐르는 세월에 따라 모든 상황은 변하기 마련이다. 마찬가지로 그토록 견고했던 마음도 언젠가는 변하고야 말 것이다. 아무리 사랑이 크다 해도 상대방과 잘 지내고자 마음 하나 먹는 것만으로는 한계가 있다. 때문에 사이가 좋을 때일수록 관계를 지킬 수 있는 보호장치를 더욱더 마련해야 한다고 생각한다. 건강할 때 보험을 들어야 이득을 많이 보는 것처럼 말이다. 공동의 취미를 찾거나, 집안일 역할분담을 한다거나, 주기적으로 깊은 대화의 시간을 가지는 등의 시스템을 일상에 조금씩 끼워 넣어보는 건 어떨까. 그럼 훗날에 일어날 법한 여러 가지 문제들을 사전에 예방할 수 있게 되지 않을까. 각자가 노력하는 만큼 서로 간의 신뢰가 두터워지는 건 덤이다.

너와 나 사이엔 좁힐 수 없는 차이점이 있단 사실을 기꺼이 받아들이고, 갖가지 모순으로 똘똘 뭉친 인간의 본질을 이해하는 등의 노력을 기울이지 않으면, 변질되는 관계의 온도를 감당하기엔 꽤나 버거울지도 모른다. 금실 좋은 부부로 거듭날 수 있는 건 초심을 잃지 않고 서로를 끝까지 사랑하는 게 아니라, 사람의 종잡을 수 없는 마음의 속성을 알아차리고 예고 없이 닥쳐오는 갖가지 상황을 유연하게 대처하는 지혜의 여부에 달려 있다고 본다. 난 배우자와 잘 지내는 건 의외로 사랑과는 큰 연관이 없다고 생각한다. 서로를 위해 기꺼이 헌신할 수 있는 자세를 갖추게끔 유도하는 주변 환경과 시스템의 역할이 훨씬 크다고 여기는 편이다. 그러니 바람처럼 왔다 사라지는 열정과 의지 혹은 갈대처럼 휘둘리는 마음 따위에 기대기보다는, 둘만의 사소한 규칙이라도 정하는 게 부부 사이의 평화를 유지하기엔 더없이 현명한 방법이지 않을까 한다.

부모님께 용돈을 드리지 않기로 했다

우리 아버지는 5남 1녀 중 넷째다. 큰 아버지들과 삼촌은 모두 결혼하여 슬하에 자녀를 두고 있었다. 그래서 어릴 적 명절 때 큰 집엘 가면 사람들이 득실거렸다. 사촌형들은 모두 나이 차이가 많이 났던 탓에 말 섞기가 쉽지 않았고, 주로 나보다 한 살 어린 사촌동생과 소밥 주며 뛰어놀곤 했다. 그땐 나와 피가 섞인 친척들이 이렇게나 많다는 것 자체만으로도 뭔가 든든했다. 물론 세뱃돈도 많이 받아서 좋았다.

근데 그런 시절이 그토록 금방 끝나게 될 줄은 몰랐다. 예전엔 어른이 되어서도 명절이 다가오면 계속 그렇게 다 같이 모일 줄로만 알았다. 하지만 이젠 큰집에 찾아가는 식구는 우리 가족밖에 없다. 아버지 형제들은 피만 섞였을 뿐 이젠 남보다도 못한 사이가 되었다. 여러 가지 일들이 있었지만 모든 걸 다 언급할 순 없고 대부분 돈이 문제였다(겉보기엔 그런데 진짜 문제는 서로의 세상을 이해할 생각이 전혀 없는 데서 오는 소통의 부재인 것 같지만). 세상 물정 모르던 난 큰집에 발길을 끊은 모든 친척들이 다 나쁜 사람들이라고 생각하고 말았다. 할머니를 비롯한 큰집 어른들은 매번 빠지지 않고 발걸음 하는 우리 가족을 가장 좋아했다. 특히 엄마를 많이 아꼈다. 가족들에겐 한없이 다정하나 바깥에선 과묵하고 자존심 강한 아버지완 달리, 엄마는 주변 사람 모두를 웃게 만드는 독보적인 매력의 소유자였다. 난 그런 엄마가 좋았다. 세상 밝고 친절한 사람이 우리 엄마라는 게 항상 자랑스러웠다. 하지만 그 생각도 영원하진 못했다.

처음엔 엄마가 명절, 생일, 각종 제사 등 때에 맞춰서 어른들에게 돈을 드리는 게 당연한 건 줄 알았다. 돈은커녕 얼굴 한 번 내비치지 않고 이기적으로 사는 것 같은 아버지 형제 가족들을 그저 안 좋게만 생각했었다. 그러나 다가오는 30대를 바라보는 20대의 끝자락에서, 화목하지만 경제적으로는 희망이 얕은 가족력을 대물림하지 않기 위해 돈 공부를 시작했더니 생각이 급속도로 바뀌기 시작했다. 알고 보니 우리 부모님은 착한 게 맞았다. 하지만 너무 착해서 문제였다. 노후대비가 하나도 되어 있지 않은 상태에서 한 푼이라도 더 모을 생각은 하지 않고, 힘들게 일해서 번 돈을 어른들 용돈 챙기느라 탕진하고 있었기 때문이다. 아무리 생각해도 그건 쉽게 이해할 수 없었다. 아니, 이해하고 싶지 않았던 건지도 모른다. 계속 그렇게 지내면 가끔

보는 친척들에게 인정과 애정은 듬뿍 얻을진 모르겠으나, 가장 가까운 곳에서 남들 다 가는 학원 한 번 제대로 다녀보지 못하고 궁핍하게만 자랐던 나와 동생은 무슨 죄란 말인가.

아버지 형제들은 역시 나쁜 게 맞았다. 그들은 얻을 게 없으면 부모도 외면하는 사람들이다. 하지만 다른 한편으로는 그렇게 나쁘기만 한 건 또 아닐 수도 있단 생각이 뒤늦게서야 들었다. 그들이 살아가는 방식 또한 가족과 자신을 지키는 또 하나의 방법이라고 볼 수 있었다. 사실 난 시간이 갈수록 이기적이고 불효를 일삼는다며 마음속으로 욕했던 그들처럼 사는 게 차라리 낫겠단 생각이 자꾸만 든다. 왜냐하면 남들에게 손가락질은 좀 받을지라도 본인이 부양하는 가족 하나만큼은 확실하게 챙길 수 있기 때문이다. 여전히 자가가 없는 우리 부모님에 비해 다른 아버지 형제들은 떵떵거리며 잘 살고 있는 걸 보면 느끼는 바가 많다.

수많은 책을 탐독하며 세상과 인간의 본질에 대한 통찰력이 조금 생기면서부터는 아버지와 어머니에게서 안 보이던 것들이 보이곤 했다. 한 번은 가뜩이나 여유도 없는데 어찌 그리 어른들에게 돈을 주지 못해 안달인가 생각해 봤더니 다음과 같은 결론에 닿게 되었다.

'마음의 평안을 위협하는 찰나의 순간을 모면코자 돈으로 때 웠던 거구나'

애석하게도 부모님은 마음씨 좋은 Giver가 아니었다. 자신들의 안정감을 지키기 위해서라면 가족들을 먹여 살릴 돈도 안일하게 써버리는 철저한 Taker였던 것이다. 생활비, 제사비, 생일 기념 용돈 등을 쓰지 않고 모았으면 아마 집 한 채를 사진 못했어도 최소한 전세자금 정도는 얼마든지 마련했을 터였다. 그러나 나의 아버지와 어머니는 자신들의 안위를 여미기 위해 통장에 구멍을 내는 선택을 하며 살아왔고 그 여파는 현재까지도 유효하다.

은행이 어떻게 돈을 벌어들이는지, 왜 가난한 사람은 더 가난해지고 부자는 더 부자가 되는지, 그리고 사람들은 무엇을 위해 기꺼이 돈을 쓰는지를 알면 알수록 괴로웠다. 요긴한 지식을 습득하는 데서 오는 쾌감은 짜릿했으나, 아는 게 많아질수록 되도록이면 알고 싶지 않은 어른들의 실체가 눈에 아른거렸기 때문이다. 가난으로부터 전혀 헤어 나올 생각이 없는 부모님을 곁에서 지켜보는 건 여간 힘든 게 아니다. 그렇다고 가난하다는 이유로 그들을 미워한 적은 단연코 없었다. 난 나의 아버지와 어머니를 한없이 사랑한다. 다만 부모님에게 덧씌인 가난의 굴레만큼은 어떡해서든 이어받고 싶지 않았다.

———

이 같은 가정환경을 등에 업고 자란 탓에 훗날 결혼하게 되면 체면 차리기 위해 돈을 태우진 말자며 속으로 다짐을 해왔다. 더불어 돈은 정말 필요하다고 생각되는 곳에 쓰자며 항상 되뇌곤 했었다. 그러다 지금의 아내를 만나 결혼을 하게 되니 부모님들에게 드리는 돈을 어떻게 정리해야 할지가 골치 아픈 문제로 다가왔다. 물론 지향하는 바는 확고했다. 아무리 우리를 낳아주고 키워주신 부모님들이라지만 단순히 결혼했다는 이유만으로 평소 드린 적도 받은 적도 없는 돈을 드리는 건, 효도보다는 밑 빠진 독에 돈을 들이붓는 일에 더 가깝다고 생각했다. 단지 어른들에게 어떤 식으로 뜻을 전해야 오해와 불편한 감정을 사지 않고 잘 넘어갈 수 있는지가 관건이었다.

숱한 고심 끝에 장인어른과 장모님에게 편지를 써서 드리기로 했다. 1년 중 생일을 제외한 기념일과 명절엔 따로 돈을 챙겨드리지 못하겠다. 우리 부부가 함께 꾸려나갈 가정을 지키기 위해 그런 결정을 내리게 되었고, 훗날 돈을 꼭 써야만 할 때를 대비하여 부단히 저축을 하겠다는 진심 어린 포부를 고스란히 담아서 말이다. 아무래도 깊고 남다른 취지가 깃든 내용을 잘 전달해야 하는 경우일수록 텍스트의 힘을 빌리는 것만큼 좋은 방도는 없다고 생각했다. 나의 아버지 어머니에게는 편지를 쓰지 않고 구두로 뜻을 전달했다. 예전부터 아버지는 물려줄 만한 게 없는 대신에 결코 손을 벌리지 않을 테니 각자 알아서 잘 살자는 말을 잊을만하면 언급하곤 하셨다. 그리고 나 또한 그런 부모님에게 나중에 결혼해도 용돈 같은 건 기대하지 말라며 진즉에 못을 박아놓은지 오래였다. 그런 까닭에 장인어른과 장모님은 어떻게 받아들이실지 걱정이 됐던 반면에, 우리 아버지와 어머니 쪽은 크게 신경 쓰진 않았다.

부모님을 위해 주저 없이 돈을 쓸 만한 상황은 딱 세 가지라고 생각한다. 필요한 물건이 있거나, 생계유지가 마땅치 않거나, 몸이 편찮으시거나. 다행히 현재는 양쪽 집안 어른들 모두 몸 건강하시고, 생활적인 문제도 없으며, 서로 사이까지 좋다. 그래서 더욱이나 굳이 필요 이상으로 돈을 드려야 하나 싶은 생각이 절로 들었던 것이다.

마음 쓰였던 게 무색할 정도로, 장인어른과 장모님은 내가 전해드린 편지를 읽으시고는 덤덤하게 우리 부부의 뜻을 지지해주셨다. 딱히 신경을 크게 쓰시지도 않는 것 같았다. 그건 미처예상치 못했던 미적지근한(?) 반응이었다. 한편으로는 일종의 대립까지도 생각했었던 게 무안할 정도로 말이다. 어쨌거나 편지지에 진솔한 마음을 고이 담아 어렵사리 전한 보람은 있었다. 용기를 낸 건 곱씹어 볼수록 잘한 일이었다. 덕분에 체면을 살

리겠답시고 찰나의 순간을 모면코자 새어나갈 법했던 돈을 안전하게 지킬 수 있게 됐으니까. 뭐, 나와 아내가 각자 일터에서 종일 일하며 번 돈이니 원래부터 우리 돈이 맞긴 했다. 그럼에도 부모님들에게 주기적으로 나가는 돈이 줄어든 만큼 늘어난 저축금액은 꼭 보너스만 같았다.

———

나보다 앞서 결혼한 친구들은 돈 모으기가 쉽지 않단 푸념을 내내 달고 살았다. 저축은커녕 마이너스 통장이 없으면 생계유지가 힘들다고 하는 이도 가끔 있었다. 그런 사람들을 가만히 보면 대개는 벌이가 부족해서 그런 게 아니었다. 내가 보기에 10명 중 9명은 불필요한 소비와 낭비가 부르는, 여기저기 새 나가는 돈이 문제의 원흉이었다. 특히 그중에서도 양가 부모님들에게 들어가는 액수가 보통이 아니었다. 한 분당 10만 원으로 계산해 봐도 설날 40만 원, 추석 40만 원, 생일 40만 원, 어버이날 40만 원으로 1년에 최소 160만 원 이상은 고정지출로 나가는 셈이다. 더군다나 물가가 하늘 높은 줄 모르고 치솟는 만큼 10만 원의 절대적인 가치도 떨어지고 있다. 앞으로 그보다 더 주면 더 줬지 낮춰 드리게 될 일은 아마 없을 것이다. 그런 점을 감안하면 남들만큼 부모님을 챙기는 건 상당히 벅찬 일이다.

난 그렇게 돈을 드릴 수 없었다. 아니, 그렇게 돈을 쓰고 싶지 않았다. 돈이 삶의 전부는 아니지만 애써 궁핍해질 필요는 없잖은가. 효도도 순서가 있으며 상황에 맞게 해야 하는 것이라고 생각한다. 부를 거머쥔다 해서 행복이 딸려오는 게 아닌 것처럼 가난이 곧 불행은 아니다. 그러나 점점 가난해지기만 하는 결혼생활은 부부관계에 금이 갈 만한 소지를 끌어당기기에 충분하다고 본다. 그러니까 가난 자체는 죄가 없으나, 분명 가난하지 않았는데 가난해지는 건 죄를 따져볼 만한 일이라고 여기는 것이다. 이는 곧 책임감 결여와도 깊은 연관이 있다.

한 치 앞도 모르는 게 우리네 삶인 만큼 무슨 일이 얼마나 어떻게 일어날지는 그 누구도 알 수 없다. 더군다나 나 혼자 살아갈 게 아니라 아내와 평생을 함께 하기로 약속했으니, 돈이라는 수단을 최대한 현명하고 적절하게 활용해야만 했다. 특히 젊을수록 그리고 부모님들의 몸이 건강할 때일수록 돈을 더 많이 모아야 한다고 생각했다. 감당키 어려운 일들이 우리 부부에게도 일어나지 않으리란 법은 없기 때문이다. 혹 그런 상황이 닥쳐오더라도 최소한 돈 때문에 무너질 일만은 일어나지 않게끔 돈은 지킬 수 있을 때 지켜야만 했다. 하물며 금수저도 아니고 억대 연봉을 받는 것도 아닌 맞벌이 부부가, 사회적 분위기에 못 이겨 필요 이상으로 집안 어른들을 대접하는 건 가라앉는 배에 탑승하는 것과 다르지 않다고 봤다. 당장의 지금이 괜찮다면 굳이 더 괜찮아지고자 애쓸 게 아니라, 훗날의 괜찮지 않을 법한 상황을 대비하는 게 맞다고 여겼다. 숱한 우여곡절을 겪어왔고 또 이미 잘 지내고 있는 부모님보단, 가늠할 수 없는 고난과 역경을 이겨내며 꿋꿋이 잘 살아가야 할 날이 끝도 없이 남아 있는 우리가, 우리에겐 더 중요하니까.

———

"자식이 할 수 있는 최고의 효도는 그저 건강하게 잘 자라주는 거야."

어릴 때부터 어른들에게 심심찮게 듣던 말이었다. 그런 영향 때문인 건지 언제부턴가 항상 마음으로 깊이 되뇌던 게 있었다.

'최고의 효도는 내가 잘 살아가는 것이며, 만약 내가 결혼을 한다면 아내와 사이좋게 잘 지내는 모습을 보여드리는 게 부모님에게 입은 은혜를 가장 비싸게 갚는 일일 것이다.'

더 나아가서는 훗날 만나게 될 우리 아이에게 있어서도 최고의 교육은 다음과 같다는 생각에 이르렀다.

'부모로서의 역할을 충실히 수행함과 동시에 경제적으로나 정신적으로나 점차 나아지고 있는 한 인간의 삶을 몸소 보여주는 것이, 그 어떤 것보다도 가장 이상적인 본보기이자 훌륭한 교육이 될 것이다'

위와 같은 신념들을 바탕으로 난, 아내와 함께 꾸려나갈 가정을 지키기 위해 사회적 통념이 빚어낸 암묵적인 룰과 예로부터 전해 내려오는 전통마저 과감히 거스르기로 했다. 그러지 않으면 최악의 경우, 되려 부모님에게 살림이 여의치 않다며 경제적인 지원을 요청하게 될 가능성도 배제할 수 없었다. 그러니 얼마든지 욕을 먹어도 괜찮으니까 새는 돈을 사전에 막을 수만 있다면 할 수 있는 모든 방법을 동원하는 게 맞다고 생각했다. 언제 닥칠지 모르는 일들에 아무것도 하지 못하고 허무하게 무너지는 건 생각만으로도 끔찍했다. 혹여나 그런 순간을 맞닥뜨리게 될지언정 만약 그 탓이 안일한 사고방식과 미흡한 대비에 기인한 거라면 스스로 감당할 수 없을 것만 같았다.

그만큼 난 강해질 필요가 있었다.

한 여자와 남은 평생을 함께 하기로 약속한 남자로서의 책임을 다하기 위해서라도. 목숨도 아깝지 않을 만큼 깊이 사랑하며 기꺼이 헌신할 수 있는 배우자를 만난 축복에 보답하기 위해서라도.

맙소사, 1억을 모으다니

"여보, 우리 통장에 거의 1억 가까이 모였어."

첫 번째 결혼기념일을 맞이한 후 채 반년이 지나지 않은 시점에 아내가 건넨 말이었다. 그 정도의 돈은 매 달 서로의 월급에서 각종 비용을 제하고 남는 금액만으로는 쉽게 모으기 힘든 액수였다. 하지만 미처 가늠치도 못했던 돈이 실제로 통장에 쌓여 있었다. 평소 불필요한 지출을 하지 않고자 신경 쓰며 살긴 했다. 그럼에도 그리도 빨리 그 정도의 돈이 모일 줄은 예상하지 못했다(물론 결혼 전 각자 모아둔 자금을 합쳐서지만). 결혼하면 밑 빠진 독에 돈을 들이붓는 짓만큼은 하지 않으려 했는데 그 염원을 품은 게 아주 의미가 없진 않았던 모양이다.

최소한의 비용으로 결혼식을 돌잔치홀에서 치른 것. 차에 별 관심도 없는데 결혼을 핑계로 굳이 새 차를 빚까지 져 가며 사긴 싫어서 하이브리드 중고차를 산 것. 성과급 등의 보너스가 들어오면 일말의 고민도 없이 즉시 저축통장으로 이체하고선 까맣게 잊어버리는 것. 그리고 꼭 대기업 정도의 연봉이 아니어도 갚을 빚이 거의 없고 평소의 소비가 귀여운 수준이니 확실히 돈 모으는 속도가 빠르긴 했었다. 아마 남들 하는 거 다 따라 했으면 결코 지금처럼 돈을 수월케 모으진 못했을 것이다.

그렇다고 뭔가를 꾸역꾸역 참아가면서 저축을 한 건 아니었다. 악착같이 돈을 모으겠다며 아등바등 살고 싶진 않았다. 하고 싶은 게 있거나 먹고 싶은 게 있으면 웬만큼은 즐기면서 지내왔다. 다만 매 순간 지출하기에 앞서 타당성을 따져보고 안 써도 될 돈이라면 쓰지 않았다. 가령 물건의 기능적 값어치는 5만 원대인데 특정 기업의 로고가 박혔다는 이유로 10만 원을 건네야 하면 그냥 사지 않았다. 값싼 대체품이 없으면 차라리 쓰지 않는 쪽을 택했다. 그게 비결이라면 비결이었다. 돈을 모으는데 혈안이 되지 않고 불필요한 지출을 하지 않는 것에만 신경을 썼는데도 돈이 잘 모였다.

나와 아내는 소비적인 측면에서 지향하는 바가 보편적이진 않다. 사실 그 부분이 우리의 저축에 있어서 막대한 영향을 끼치긴 했다. 일단 나 같은 경우엔 관심사가 자아실현 쪽에 몰려 있다. 평소 책을 읽고 글을 쓰며 세상과 인간의 본질적인 부분들을 탐구하느라 많은 시간을 보낸다. 내가 얻고자 하는 건 돈으로 살 수가 없는 것들이기에 물욕이 거의 제로에 가깝다. 그러니 당연하게도 지출이 미미할 수밖에 없다. 통신비, 기름값 등의 고정지출을 제외하면 글 쓰느라 카페 가서 사 먹는 커피값이 변동지출의 전부다. 반면에 아내는 그나마 나보다는 일반적이다. 평소 침대를 사랑하며 집 밖을 잘 나서질 않는 집순이면서도 옷 사 입는 걸 좋아한다. 그런데 그녀는 물건을 제값에 주고 사는 일이 없다. 주로 이월상품을 노리거나 마음에 드는 물건이 있어도 할인가가 아니면 사는 법이 없다. 잔머리도 꽤 잘 굴린다. 결정적으로 아내는 비싼 명품에 관심이 없는 편이다. 그게 저축하는 데 있어서 얼마나 큰 파급효과를 불러일으키는 건지는 주변인들을 둘러보면 쉽게 알 수 있었다.

난 운이 좋은 놈이다. 가뜩이나 물욕 없는 내가 명품을 탐하지 않으며 가끔 하는 소비조차 정가로 지불할 의향이 눈곱만큼도 없는 여자를 만나 결혼했으니 말이다. 덕분에 돈 한 번 모아보겠답시고 뭘 아낀다거나 힘들게 참을 것도 없이 일상을 적당히 즐기면서 편하게 돈을 모을 수 있었다. 앞으로 지금처럼만 살아도 부자는 되지 못할지언정 결코 가난해질 일은 없을 거라는 생각이 든다. 그럼 다른 건 몰라도 최소한 30년 만에 겨우 벗어날 수 있었던 가난의 굴레만큼은 자식에게 대물림하지 않을 수 있을 터였다.

난 잘 살아보려고 결혼을 한 거였다. 보다 풍요롭고 더 나은 인생을 맞이하기 위해 한 여자의 다정한 남편이 되기로 결심한 거였다. 결코 고생길에 접어들기 위해 유부남이 된 게 아니었다. 물론 어느 정도의 희생은 불가피하겠지만 그런 희생이 곧 불행이라고도 생각지 않는다. 한 가정의 가장이라는 이유로 나의 모든 가능성과 기회를 헌납할 마음도 없었다. 여의치 않은 상황에서도 얼마든지 방법은 찾을 수 있다고 믿었다. 결혼 후의 생활이 힘들고 고되고 되려 경제적으로 궁핍해질 거라고만 여겼으면 차라리 혼자 살고 말았을 것이다.

당장엔 돈이 없어도 두 사람이 힘을 합치면 얼마든지 극복할 수 있는 게 돈 문제이다. 반면에 당장에 차고 넘치는 게 돈이라도 두 사람의 눈부신 활약(?)으로 인해 순식간에 타버릴 수 있는 것도 바로 돈이다. 이처럼 돈은 있다가도 없을 수 있고 반대의 경우도 마찬가지다. 때문에 만약 나와 함께 살아갈 사람이 충동적인 소비습관을 지녔다면 그 누구라도 결혼까지 생각하진 않았을 것이다. 성격차이도 극복할 수 있다고 믿는 나이지만, 비이성적이고 정립되지 못한 경제관념이 내면에 뿌리 박힌 사람은 당해낼 재간이 없다고 보는 편이다. 책임감이 결여된 경제관은 한 가정을 블랙홀로 밀어 넣기에 충분한 스탠스를 내뿜기 때문이다.

가난이 진짜 무서운 건 서서히 이루어지는 일이라서 그렇다. 그래서 가난을 알아차리게 되는 순간은 대부분 때가 늦은 경우가 많다. 본인이 가난해져가고 있음을 체감하지 못하는 이유는 주변 사람들도 다 그렇게 산다는 이유를 들먹이며 현실을 왜곡해서 바라보기 때문이다. 그건 배에 물이 들어차기 시작했음에도 불구하고, 다른 사람들이 얌전히 있으니 나도 가만히만 있으면 괜찮을 거라고 덥석 믿어버리는 것과 똑같다. 그래 놓고는 정작 상황이 심각해지면 모든 탓을 세상 탓, 남 탓으로 돌릴 게 뻔하다. 진실이 수면 위에 드러났을 때 진즉에 눈앞의 현실을 직시하지 못한 어리석음을 쉽사리 받아들이기엔 도저히 감당이 되지 않을 테니까. 억울한 마음에 가난의 원인을 외부로 전가하고 싶겠지만, 애석하게도 대부분의 경우 가난은 본인에게 가장 많은 책임이 있다.

알고 보니 사람들이 가난해지는 이유는 많은 돈을 벌지 못해서가 아니었다. 벌어들이는 수입 이상으로 무리한 소비를 하기 때문에 가난해지는 경우가 압도적으로 많았다. 그러니까 본인이 직접 가난을 삶으로 초대하지 않고서야 그것이 제 발로 찾아오는 경우는 꽤 드물었다. 소비는 내면에 뿌리내린 각종 결핍을 일순간이나마 채워주는 가장 쉬우면서도 자극적인 행위다. 그래서 중독성이 심하고 중독성이 심한 만큼 파괴적이다. 꼭 돈을 많이 벌어서 부자가 될 필요는 없지만, 세간의 유혹을 떨치지 못하는 바람에 굳이 쓰지 않아도 될 돈을 죄다 써버리는 소비습관은 가정의 파멸을 불러오기 마련이다. 경제적인 의지가 결여된 채 결혼생활을 이어가는 건, 거푸집에 철근 없이 콘크리트를 붓는 격이나 다름이 없다. 그런 관계는 부실공사로 지어진 아파트처럼 언제 무너져도 전혀 이상할 게 없는 것이다.

———

사람들은 보통 자기 생각대로 살아간다고 여기지만, 알게 모르게 사회적 분위기나 문화 따위에 영향을 받아 주입된 생각들이 주를 이룬다. 그런 것들을 본인만의 독보적인 견해라며 착각하는 이들이 적지 않다. 만약 시간을 갖고 현재 머릿속에 든 것들이 대체 어디에서부터 온 건지를 가만히 곱씹어 본다면 출처 불분명한 관념들이 얼마나 많은지 새삼 깨닫게 될지도 모른다. 본인이 취할 수 있는 최선의 선택지는 외면한 채 남들 뒤꽁무니를 따라가느라 비이성적인 판단을 일삼는 건, 인생의 방향성이나 삶의 가치관이 바로 서 있지 않은 데서 오는 결과일 뿐이다.

왜 많은 사람들이 예식장에서 결혼식을 성대하게 치르는 걸 당연하게 생각할까. 이미 앞선 사람들이 그런 절차를 밟았기 때문이다. 왜 평생 갚아도 모자랄 만큼의 거대한 빚을 져가면서까지 무리하게 새 집 장만을 할까. 주변 친구들이 모두 그렇게 집을 사들이니까 그걸 핑계로 자기합리화를 일삼기 때문이다. 아이러니한 건 남들의 화려한 겉모습은 잘만 보면서, 남들이 얼마나 힘들게 살아가는지는 보고도 모른체하는 경향이 짙다는 점이다. 그렇게 남들처럼 살고 싶은 마음이 들 때는 당장 근처에 부자가 많은지 겨우 입에 풀칠만 하며 살아가는 이들이 많은지를 살펴볼 필요가 있다. 주변에서 흔히 볼 수 있는 삶의 형태가 현재 본인의 상황이거나, 곧 다가올 미래의 모습일 확률이 높으니까.

남들이 다 그렇게 산다고 해서 똑같이 따라 할 필요는 없다. 굳이 무리했다가는 애꿎은 가랑이만 찢어질 뿐이다. 용기를 좀 내야겠지만, 혼자 살든 함께 살든 상황에 맞는 생활방식을 택할 수 있는 여지는 얼마든지 있다고 본다. 남들과 다른 삶을 살아가면 남들이 이상하게 볼 것만 같지만, 정작 남들은 남들의 인생에 전혀 관심이 없는 게 현실이다. 그러니 주변에서 한다는 것들을 왠지 덩달아 해야만 할 것 같은 압박감 따위에 시달릴 필요가 없다. 설사 세상 사람들이 너도 나도 한다는 것들을 접하게 되더라도 철저히 각자의 경험과 그에 따른 느낌만을 서로 달리 가져갈 뿐이다. 평점 높은 천만 영화가 내겐 영 재미가 없을 수도 있는 것처럼.

어쩌다 미니멀 라이프

우리 집을 처음 방문하는 손님들은 "실평수보다 훨씬 커 보이네."라는 말을 종종 한다. 실은 나도 아내의 집을 처음 방문했을 땐(지금 살고 있는 집은 아내가 나를 만나기 전에 사놓았던 집이다) 마음이 시원해질 정도로 훤한 공간을 마주하는 느낌이 들었다. 현관문을 열면 기나긴 복도에 이어 문이 열린 안방까지 뻥 뚫려 있기도 하고, 그 사이에 자리 잡고 있는 가구나 집기들이 거의 없어서 그런 탓도 있을 것이다. 그동안 집들이를 했던 친구들의 신혼집과는 물건의 가짓수에서 확연한 차이가 났다.

아내가 자는 안방에는 퀸 사이즈 침대와 오크나무 재질의 협탁, 두 사람이 앉아도 넉넉할 만큼의 커다란 일인용 분홍색 소파가 있다. 그리고 거실엔 전에 살던 집주인이 남기고 간 다인용 소파와 스탠드형 에어컨, 아내가 회사에서 사은품으로 받아온 65인치 티비, 두 명이 쓰기엔 아주 커다란 원목 테이블이 창가 쪽에 붙어 있다. 널찍한 주방 테이블 위엔 대개 물병과 물컵 말고는 아무것도 놓여 있지 않다. 가끔 간식거리나 잡동사니를 옆에 두기도 하는데 이내 며칠 못 가서 금세 치워 버린다. 옷방 엔 붙박이장과 전신 거울, 간이 옷걸이 말고는 아무것도 없다. 그중 내 방이 가장 심플하긴 하다. 책상과 침대가 끝이다. 아, 그 리고 글쓰기에 최적화된 분위기를 조성하는 전구색 스탠드형 조명도 책상 모서리에 짝꿍처럼 붙어 있긴 하다. 그야말로 글을 쓰거나 잠을 자거나 말고는 참으로 할 것도 볼 것도 없는 방이 라고 할 수 있다.

결혼하면 보통 살림이 늘어난다고들 하던데 우린 결혼 후에도 물건 사는데 돈 쓰기는커녕 있던 것도 내다 버리기 바빴다. 작 정하고 뭘 버리고자 하진 않았다. 다만 일상이 단순해서 그런지 자주 쓰는 물건과 아닌 것들의 구분이 쉬웠다. 그리고 원래부터 공간에 뭘 놔두는 걸 선호하지 않는 두 사람이 함께 붙어살기 시작하니까, 한동안 쓰지 않는 물건이 보이면 가만 놔두는 법이 없었다. 왠지 나중에 필요할 것 같단 생각이 들어도 되도록이면 당근에 팔았다. 팔리지 않는 건 나눔이라도 하거나 시원하게 버 렸다. 안 입는 옷들은 아름다운 가게에 기부하기도 하고 분리수 거하는 길에 한 두벌씩 처리했다. 우린 둘 다 미니멀 라이프 같 은 것에 전혀 관심이 없었다. 근데 어쩌다 보니 꼭 미니멀 라이 프를 추구하는 사람끼리 만나기라도 한 것처럼, 그렇게 우리 집은 무소유가 절로 떠오르는 분위기를 형성하게 되었다.

 우리 부부가 물건을 정리하는 첫 번째 이유는 마음의 안정감을 얻을 수 있어서다. 거실에 달랑 티비와 소파 하나 있는 게 허전하게 느껴지는 사람도 있겠지만, 나와 아내는 그런 심심한 공간에서 되려 안온함을 만끽한다. 둘 다 독서가 취미라서 그런진 모르겠지만, 주변에 잡동사니가 널브러져 있으면 괜히 책 읽거나 대화하는데 방해만 될 뿐이었다. 그리고 꼭 뭘 버리지 않더라도 주변을 정리하기만 해도 금세 마음이 편안해지곤 했다. 경험상 '비움'은 '충족감'을 대가로 돌려주는 것 같았다.

 두 번째는 청소하기가 수월하기 때문이다. 평일엔 보통 로봇청소기를 돌리는 것 이상으로 집을 치우진 않는다. 대신 주말 중에 하루는 날을 잡아서 집안에 먼지도 털고, 로봇청소기가 닿지 않는 곳곳의 구석과 방 마다의 가장자리도 스팀청소기로 직접 닦는 등의 대청소를 한다. 그때 만약 이런저런 물건들이 한자리를 차지하고 있으면 청소할 때 여간 번거로운 게 아니다. 하나하나 옮겨가며 쓸고 닦고 하는 건 게으른 나로서는 매우 귀찮은 일이다. 오히려 자주 하는 게 아니라 간헐적으로 청소를 하니까 물건 때문에 걸리적거리는 게 더 귀찮게 느껴졌다. 그나마 자주 쓰는 것들은 기꺼이 청소를 하겠는데, 잘 쓰지도 않는 것들에 쌓인 먼지를 털고 있자면 뭔가 그에 에너지를 소비하는 것 자체가 낭비인 것만 같았다. 때문에 그런 것들은 웬만하면 그대로 놔두지 않는다. 안 보이는 곳으로 아예 치우거나 당근에 팔거나 그냥 버린다.

물건을 내다 버릴수록 좋은 세 번째 이유는 불필요한 소비가 일어나지 않는다는 점이다. 나도 그렇고 아내도 그렇고 세상이 쏟아내는 신제품에 관심이 아주 없는 편은 아니다. 그런데 평소 안 쓰는 물건들을 가차 없이 버리는 게 생활이 되다 보니까, 아무리 희한하고 신박한 제품을 마주하더라도 선뜻 손이 잘 가지 않았다. 요술 같은 기능 앞에서 입이 떡 벌어지긴 해도 그에 홀라당 넘어가기보다는 나름의 쓰임새와 유통기한을 좀 더 꼼꼼히 따져보게 됐다. 생활루틴이 워낙 단순하고 고정적이다 보니 굳이 가져보지 않은 상품도 얼마나 어떻게 쓸지 쉽게 가늠할 수 있었다. 그래서 웬만한 경우가 아니고서야 뭘 살 일이 잘 없게 된다. 정작 필요한 건 이미 거의 다 갖추고 있었다. 가뜩이나 힘들게 일해서 번 돈을 필요치도 않고 잘 쓸 일도 없는 것들을 위해 쓰는 건 그간의 고생을 폄하하는 것과도 다름이 없다고 생각한다.

———

이전에 다녔던 회사에서 정리컨설턴트의 영상을 본 적이 있었다. 처음 들어보는 생소한 직업이라 무슨 일을 하는 건가 봤더니, 고객들의 어질러진 방이나 사무실을 직접 치워 주기도 하고 주변 정리에 대한 나름의 솔루션을 제공하기도 했다. 처음엔 세상에 무슨 정리도 대신해주는 사람이 따로 있나, 정리를 돈을 쥐가면서까지 해야 하나 싶었다. 하지만 뒤이어 나오는 정리의 중요성을 듣고서는 지금도 뇌리에 강하게 박혀 있을 만큼 많은 공감이 갔다. '집안 곳곳에 놓인 물건들은 사람에게 알게 모르게 많은 영향을 끼친다', '물건들은 제각각 기억의 연결고리가 내재되어 있다', '사람은 낌새를 느끼지 못하지만 무의식적으로는 물건에 담긴 정보나 기억들을 끊임없이 주고 받는다'라는 게 영상 속 정리컨설턴트의 주장이었다.

이를테면 이런 것이다. 나중에 다시 공부하겠다며 수년 전부터 책상 한편에 꽂혀 있는 기출문제집이 눈에 보일 때마다, 이전에 불합격했던 씁쓸한 기분을 미세하게나마 느끼게 되는 것. 티비 속 싱어송라이터들을 보다가 기타를 연주하며 노래하고 싶은 마음에 큰맘 먹고 질렀지만, 한동안 방치되어 먼지만 수북하게 쌓여 있는 기타를 볼 때마다 이전의 충동구매를 내심 후회하는 것. 사실 앞서 예로 든 것들은 실제 나의 사례이다. 예전에 혼자 살 때 미련이 남은 것들을 꽤 오랫동안 별생각 없이 방치했었다. 근데 그것들로부터 부정적인 영향을 받았을 수도 있다고 생각하니 진즉에 치워야 했었나 싶은 생각이 절로 들었다.

이젠 공간적 여유와는 관계없이 눈에 보이는 물건과 나 사이에 맴도는 영향만을 가늠해 보고 처분의 여부를 따져본다. 그럼 어지간해서는 주변에 아무런 물건도 놓지를 않게 된다. 당장에 하는 일과 관계없는 것들은 한 자리 떡하니 차지한다고 해서 좋을 게 없었다. 안 그래도 좋지 않은 나의 집중력만 더 떨어질 뿐이었다. 그런 까닭에 회사에서 일을 할 때면 모니터에 뜬 업무와 관련 없는 서류는 모조리 눈에 띄지 않는 곳으로 치워 버린다. 내 방 책상 위엔 노트북 쓸 때면 듀얼모니터로 쓸 모니터 말고는 아무것도 놓질 않는다. 일일이 물건들을 치우는 건 세상 귀찮은 일이지만, 비로소 주변 정리 하고 나야만이 '다음'이 있었다.

돈을 버는 방법이 꼭 돈을 모으는 것만 있는 건 아니었다. 물건을 버리다 보면 내게 진짜 필요한 건 무엇인지 그리고 얼마큼만 있으면 충분할 지를 알게 된다. 그럼 쓸데없는 물건이나 사도 곧 버릴 만한 것들을 사지 않음으로써 불필요한 지출을 예방할 수가 있었다. 이처럼 돈이 새어나가지 않게끔 지키는 것도 돈을 버는 하나의 방법이었다.

한계가 명확한 인간의 인지능력과 제한된 시간 속에 살아가는 우리네 삶을 감안하면 그리 많은 물건도 실상 필요가 없는 게 아닐까 한다. 욕망은 한도 끝도 없이 자라는데 비해 턱없이 부족한 현실은 막연한 공허함과 쓰디쓴 절망감을 안겨줄 뿐이니까. 만약 이것도 갖고 싶고 저것도 갖고 싶은 마음을 주체하지 못한다면 마음 어딘가에 메워지지 않는 결핍이 있다는 걸로 해석해 볼만하다.

난 평소 하는 일이 책 읽고 글 쓰는 게 전부라서 책상과 노트북 그리고 따스한 전구색 조명이면 족하다. 그것들 말고는 필요한 게 하나도 없다 보니까 갖고 싶은 물건이 생길 리 만무했다. 매일의 할 일이 정해져 있으니 물건을 정리하는 건 일도 아니었다. 요컨대 삶이 풍요로워지는 최고의 방법은 하루를 단순하게 보내는 것이었다. 마음의 평안을 누리는 데에는 비싸고 좋은 물건이 아니라 몰입할 만한 일이 필요했다. 굳이 미니멀 라이프를 추구할 필요는 없다고 생각한다. 자기만의 할 일을 찾고 그것에만 몰두하며 시간을 보낸다면, 일상에 행복감이 자연스레 깃들면서 주변을 알아서 정리하게 될 테니까.

알고 보면,
미니멀 라이프는 일종의 결과인 셈이다.

PART. 3
행복을 끌어당기는 결혼관

집안일을 대하는 마음가짐

　난 퇴근하고 나서 집에 들어가면 곧바로 하는 일이 정해져 있다. 로봇청소기 먼지통 비우고 물 채우기, 식기세척기 그릇 정리하기, 빨래 돌리기, 빨래 개기. 여차하면 분리수거랑 음식물 쓰레기통도 비운다. 하나같이 별 거 아닌 잡일이긴 하나 일일이 하기엔 은근히 귀찮은 것들이다. 그럼에도 일단 신발 벗고 거실에 발을 들이면 눈에 띄는 집안일부터 후딱 처리하려 한다. 굳이 그렇게 하는 이유는 당연히 사랑하는 아내로부터 점수를 따기 위함이다. 라고 예상하는 사람도 있을 것 같은데 꼭 그런 것 때문만은 아니다. 뭐, 잘 보이고 싶은 마음이 아예 없다고 하면 거짓말이겠지만 진짜 이유는 따로 있다. 그건 바로 마음이 홀가분해져서 그렇다. 네가 할 일 내가 할 일을 떠나서 집에 일거리들이 쌓여 있는 게 눈에 거슬리는 자체만으로도 뭔가 신경이 쓰인다. 아마 심적인 면에서 분명 좋은 영향을 받는 건 아닐 테다.

집에선 되도록이면 아무 생각 없이 편하게 앉아 쉬거나 아내와 여유롭게 대화를 나누고 싶다. 그리고 내가 좋아하는 글쓰기나 하고 싶다. 근데 밀린 일들이 자꾸 포착되면 가뜩이나 난잡한 마음이 더 엉키고 설키게 된다. 그런 까닭에 귀찮다는 생각이 약간이라도 들라 치면 서둘러 움직여 버리는 편이다. 마음에서 울리는 '조금만 있다가'라는 속삭임에 넘어가는 순간, 모래성 무너지듯 의지가 사그라들었던 지난날들을 떠올리면서 말이다. 확실히 집안일이 대단친 않아서 한 번 손을 대면 그간 귀찮아했던 게 무색할 정도로 금세 끝나버린다. 어쩌면 시작은 반이 아니라 거의 전부인 걸지도 모르겠다. 기본적인 일들을 다 처리하면 마음이 편해진다. 아내도 편히 쉴 수 있는 건 덤이다.

칼퇴를 하면 내가 아내보다 10분 정도 일찍 집에 도착한다. 그 사이에 눈에 띄는 일들이 있으면 싹 다 해치운다. 그럼 아무리 취지가 그게 아니었어도 점수를 딸 수밖에 없다. 뒤이어 집에 도착한 아내는 나 혼자 바삐 설쳐댄 흔적들이 보이면 매번 고맙단 말을 아끼지 않는다. 근데 그런 말을 들을 때 왠지 양심이 찔리는 것 같으면서 기분이 아리송하다. 아마 내가 내 마음 편하자고 한 일이었을 뿐인데 살짝 과한 것을 받는 느낌이 들어서 그런 걸 테다. 관계는 그만큼 돈독해지니 나쁠 건 없지만서도. 여하튼 작은 것에도 감사할 줄 아는 아내를 만난 게 그저 복에 겨울 따름이다.

누구는 집안일이 세상에서 가장 귀찮은 일일수도 있다. 나도 재밌어서 하는 건 아니다. 그럼에도 둘 중 한 사람은 해야 할 일이기에 상대방에게 미룰 것 없이 할 수 있을 때 그냥 한다. 딱히 어려운 일도 아니니까 되도록이면 체력과 힘이 좀 더 좋은 내가 먼저 하고자 하는 면도 있다. 별다른 생각 없이 아무렇지 않게 하면 아무렇지 않게 털어버리기에도 좋다. 그런데 집안일을 일이라고 여기면 진짜 '일'이 돼버린다. 하루종일 회사에 있다 오는 것만으로도 피곤한데, 도망가지도 않고 집구석에 고스란히 남아 있는 일거리를 일이라고 생각하면 마치 잔업이라도 하는 것처럼 느껴질 것이다. 때문에 항상 일을 대하는 마음가짐이 중요하다고 본다.

물론 일을 일로써 대하지 않는 게 말처럼 쉬운 건 아니지만, 애써 인식을 바꾸고자 한다면 마음가짐은 얼마든지 달라질 수 있다고 믿는 편이다. 실제로 난 집안일을 명상이라고 생각하면서 할 때가 많다. 가령 빨래 갤 때 옷감이 손에 닿는 촉감이나 식기세척기에서 그릇을 뺄 때 몸에서 움직이는 관절 마디마디를 자세히 느낀다. 요컨대 '일하고 하고 있다'라는 사실보다는 동작이나 감각에 더욱 집중하는 것이다. 그러다 보면 그것이 일종의 쉼처럼 여겨지기도 한다.

겉으론 화려하고 좋아 보이지만 사실 제대로 쉬는 것조차 쉽지 않은 세상이다. 보통 퇴근 후에 귀가하면 잠시 피로를 달랜답시고 소파에 앉아서 휴식을 취하는 사람들이 많을 것이다. 하지만 정작 하는 거라곤 스마트폰으로 SNS를 탐방하거나 유튜브 숏츠로 시간을 때우는 게 전부다. 머리로는 아무것도 하기 싫다고 생각하면서도 손가락은 스마트폰 화면을 위아래로 쓸어내리기 바쁘다. 하지만 그건 올바른 쉼이 아니다. 각종 컨텐츠를 소비함으로써 마저 남아 있는 에너지를 다 써버리는 것이나 똑같다. 쉬어도 쉬는 게 아니고 자도 자도 더 자고 싶은 건 피로가 그만큼 풀리지 않아서 그렇다. 애초에 휴식을 제대로 취하질 않았으니 피곤이 가시질 않는 건 당연한 일이다. 옳게 쉬는 방법을 제대로 모르는 건 21세기를 살아가는 현대인들만의 특징이지 않을까 싶다. 힐링이라는 단어를 여기저기 온갖 것에 갖다붙이며 남발하는 것 자체가 그 증명인 셈이다.

사실 나도 여느 사람들과 크게 다르지 않다. 나 또한 아무 생각 없이 퍼져 있으면 휴식을 빌미로 숏폼을 즐기며 시간 때우는 습관이 여전히 몸에 남아 있다. 그래서 집에 오자마자 집안일부터 하려는 것도 있다. 제대로 쉬지도 않을 바에는 차라리 소일거리라도 하자며 나를 몰아세우면서 말이다. 오락거리를 즐기고 나면 하등 남는 게 없다. 그나마 꼽자면 공허함 혹은 허전함뿐이다. 그에 비해 집을 치우고 정리하면 생각보다 얻는 것들이 꽤 많다. 만족감 안정감 포근함 뿌듯함 그리고 그 모든 것들을 아우르는 행복감까지도.

———

한 지붕 아래에서 2인 3각으로 조화롭게 살아가도 모자랄 판에, 네가 할 일 내가 할 일이 별도로 정해져 있단 마음을 가져서는 좋을 게 하나도 없다. 예컨대 설거지할 게 눈에 보이는데도 '어젠 내가 했으니까'라는 이유로 무심코 내버려 두는 건, 일감과 동시에 갈라지는 관계를 방치하는 것이나 다르지 않다고 생각한다. 물론 미리 역할분담을 해서 각자가 할 일들을 정해 놓고 그에 맞게끔만 하면 될 일이긴 하다. 하지만 살다 보면 예기치 못한 변수들이 생김으로써 서로 번갈아가며 공유해야만 하는 일들이 적지 않게 생긴다. 그러니 내가 할 일이 아니어도 때와 상황을 봐 가면서 손수 나설 줄도 아는 지혜가 건강한 부부 관계를 위해서라도 꼭 필요한 것이다. 규칙을 세우는 건 좋지만, 규칙은 규칙을 위한 게 아니라는 점을 간과한다면 그 의미가 퇴색될 수밖에 없다.

더 피곤한 사람 덜 피곤한 사람을 가르는 건 어리석은 짓이다. 스스로의 피로도조차 절댓값으로 매겨볼 수 없으면서 상대방의 피로도를 예감으로 때려 맞추는 것도 모자라, 그 불완전한 잣대로 너와 나를 저울질하는 건 어리석다고 밖에 표현할 길이 없다. 고의적으로 상대방을 힐난하거나 자기 자신을 괴롭히고 싶은 게 아니라면, 비교는 그 취지가 무엇이든 간에 무의미하고 쓸데없는 일이다. 상황에 따라 시간의 흐름이 각자 달리 느껴지듯 너와 나의 상태가 아무리 같아 보여도 결코 같을 수가 없는 게 현실인 세상이다.

대개 별 것도 아닌데 부동의 자세를 취하며 남에게 일을 떠넘기는 건 대단한 이유가 있어서가 아니다. 단지 손해 보기 싫은 마음이 앞서서 그러는 경우가 대부분이다. 만약 틈만 나면 불만이 생기고 사소한 것에도 신경이 거슬린다면, 인생에 어떤 결함이 있는 건 아닌지 돌아보는 게 좋다고 본다. 평소 취미가 없거나 중요하게 생각하는 일이 없는 등 한껏 몰입할 만한 무언가가 결여된 삶을 살다 보면, 괜히 이것저것 트집 잡아 시비라도 걸고 싶은 게 인간의 묘한 심리니까.

상대방은 나를 비추는 거울이다라는 유명한 말이 있는데 정말 세상 모든 사람들은 나를 비추는 거울이 맞았다. 눈앞에 있는 사람을 한 발짝 물러나 가만히 바라보다 보면 그 너머에 있는 나 자신에게 마음이 가닿게 된다. 이를테면 항상 눈에 밟혔던 상대방의 못난 모습들이 알고 보니 내게도 그런 면이 없잖아 있었다거나, 혹은 예전에 그와 크게 다르지 않았던 시절이 새삼 떠오르는 것처럼 말이다. 경험상 내 안에 없는 것들은 상대방에게서 볼 수가 없었다. 차마 인정하고 싶진 않지만 가까이하고 싶지 않은 사람들일수록 나와 교집합을 이루고 있는 요소들은 어떤 식으로든지 간에 분명 있었다.

무슨 말이 하고 싶은 거냐면 별 것도 아닌 일들 때문에 불만이 생길 때 상대방을 거울처럼 자세히 들여다보면, 그릇된 생각에 가려져 있던 진짜 문제를 발견할 수도 있다는 말을 하고 싶은 거였다. 그렇게 되면 그때부턴 대부분의 근심이 단순하고 가벼워지게 된다. 인간이 안고 있는 문제의 근원은 하나부터 열까지 모두 자기 자신에게 있기 때문이다. 단언컨대 문제도 해법도 당사자의 움켜쥔 손아귀에 모두 다 들어 있는 것이다. 내 생각만 바꾸면 문제가 일어날 것도, 있던 문제가 해결되지 않을 일도 없다. 본능적으로 행해왔던 그간의 모든 판단들을 잠시 멈춘 채로 조용히 바라보고 있으면, 생각보다 많은 것들이 그리 심각한 문제가 아니었단 걸 어렴풋이 깨닫게 된다. 그럼 알아서 자연스럽게 대부분의 것들이 해소되면서 내면에 평안이 깃들게 된다.

다만 사람은 가만히 있는 걸 가장 못하는 동물이긴 하다. 어쩌면 그 때문에 우리네 삶이 힘들 수밖에 없는 걸지도 모른다. 가만히만 있으면 해결될 것을 가만히 있질 못함으로써 질질 끌고 가는 셈이니까. 여하튼 얌전히 있는 게 힘들다면 차라리 잠시만이라도 몰입할 수 있는 작은 일들을 찾아보는 게 도움이 될 수도 있다. 그럴 때 집안일 같은 훌륭한 소일거리가 또 없다. 어렵지도 않고 하다 보면 시간도 잘 가는데 하물며 다 끝내고 나면 그만한 보람도 있으니까 말이다. 아무리 하찮은 일일지라도 오로지 나 자신을 위해 하는 것이라 생각하면 전에 없던 기운이 샘솟곤 한다. 그러니까 내가 더 피곤하다든지 당연히 네가 해야 마땅한 일이라든지 따위의 생각은 아예 마음에 담지도 않는 게 좋다.

사견에 남이 끼면 탁도가 흐려지기 마련이다.
심지어 그게 배우자라 할지라도.

성격차이를 극복하는 방법

성격이 비슷하면 잘 지낼 수 있는지, 성격이 달라도 잘 지내는데 별 상관이 없는지를 누가 내게 묻는다면 일말의 고민도 없이 후자의 편을 들어줄 것 같다. 난 평소에 시간이 남으면 독서든 글쓰기든 간에 뭐라도 하려고 덤벼드는 편이다. 직장에서든 집에서든 생산적인 활동을 해야만 할 것 같은 압박감에 시달린다. 다양한 방면에서 인정받고 싶은 욕구가 강한 탓에 더 나은 사람이 될 수 있는 방법이 있다면 가리지 않고 탐닉하고자 한다. 그에 비해 아내는 나름대로 열심히는 살아가지만, 굳이 나처럼 스스로를 괴롭히진 않는다. 남들에게 인정을 받든 말든 아무런 관심도 없다. 일할 땐 일하고 쉴 땐 제대로 쉰다. 물건을 살 때도 큼지막한 것만 대충 알아보고 서둘러 사 버리는 나와 달리 아내는 이것저것 꼼꼼히 따져보고 사는 축에 속한다. 이처럼 나와 정 반대편 세상에 속한 사람인 것마냥 다른 점이 많은 아내와도 큰 다툼 없이 무탈하게 잘 지내고 있다.

물론 수년을 함께 붙어 있는데 문제가 아주 없었던 것만은 아니다. 감정이 상할 만큼의 작은 갈등이 우리 사이를 비집고 들어온 적은 몇 번 있었다. 기질이 온순하고 감정기복이 없는 편이라 자부하는 나조차도 아내가 심기를 건드리는 말을 할 때면 화가 일어난다. 언제 한 번은 다혈질인가 싶을 정도로 분노가 삽시간에 차오른 적도 있었다. 다만 그런 순간들이 올 때마다 취하는 방법이 한 가지가 있었는데, 그건 바로 일단 기다리고 보는 것이다. 화내봤자 좋을 건 하나도 없다. 아내는 그저 자신의 의사를 표현한 것뿐이다. 라는 생각을 되뇌면서 말이다. 짧게는 10초에서 길게는 5분 정도까지 가만히 있다 보면 순간에 일었던 감정들은 대부분 온데간데없이 사라지고 없었다. 그런 경험이 한 번씩 중첩될 때마다 '아, 방금 전에 일어났던 감정은 어차피 지나갈 거였구나', '금세 나를 스칠 감정에 말리는 바람에 아내에게 못되게 굴었다면 무조건 후회했겠구나'라는 생각들이 매번 마음에 남았다. 그러다 보니 다음의 비슷한 상황에서 보다 수월하게 감정이 부리는 술수에 넘어가지 않게 되었다.

음, 감정을 참는 건 아니다. 애초에 참는다고 해서 참아지는 감정인 것도 아니었다. 내가 붙잡지만 않으면 금방 흘러나갈 것들이라는 믿음에 기대어 얌전히 흘려보낸다고 하는 게 가장 적절한 표현일 듯싶다. 참고자 하는 집념을 필두로 감정을 억누르는 것과 가만히 있으면 나를 지나갈 거라는 생각으로 묵묵히 기다리는 것. 이 두 가지는 얼핏 비슷한 것 같긴 해도 자세히 보면 많이 다르다.

감정을 비롯하여 뭔가를 참는다는 건 생각을 생각으로써 통제하려는 것과 다르지 않다. 그렇게 하면 기존의 생각을 다른 생각으로 덮을 순 있겠으나, 후에 일어난 그 다른 생각이 되려 마음을 전보다 더 어지럽힐 수도 있다. 반면 자신에게 일어난 반응을 가만히 지켜보며 기다리는 건 쉽게 말해 스스로를 관찰한다는 개념이다. 그러니까 '내가 지금 화가 난 상태구나', '난 이런 상황에서 격하게 반응하게 되는구나'라며 나의 상태를 남 일 쳐다보듯 한 발짝 떨어져서 바라보는 것이다. 그러다 보면 희한하게도 격앙된 감정이 금세 가라앉게 된다. 실제 우리가 남 일을 대할 때 무심한 것처럼 말이다. 경험상 부정적인 감정에 집착하지 않고 흐르는 시간에 잠시 나를 내맡기기만 하면 불편한 심기는 이내 이전의 평안을 되찾곤 했다. '시간이 약이다'라는 건 괜한 말이 아니었다.

———

물론 감정에 반응하지 않고 흘리는 게 말처럼 쉬운 건 아니다. 그게 마음먹는다고 쉽게 될 일 같았으면, 찰나의 순간을 견디지 못해 평생 후회로 남을 법한 일을 저지른 사람들은 지금보다 현저히 적었을 테니까. 더군다나 부정적인 감정일수록 자극적이어서 휘말리지 않는 게 더 힘들다. 감정이 일으키는 반응에 쉽게 동요되지 않으려면 그만큼의 연습이 필요했다. 내가 마음공부를 손에서 놓지 않으려고 평소 부단히 애쓰는 건 바로 그 때문이다. 독서나 글쓰기도 그렇지만 산책이나 명상 같은 정적인 활동도 되도록이면 꾸준히 하려는 게, 유사시 흥분된 마음을 보다 빨리 원점으로 돌릴 만한 힘을 기르기 위해서다. 숱한 성공인들을 비롯하여 평안을 바라는 대부분의 사람들이 한다는 게 비슷한 건 다 그만한 이유가 있었다.

———

　서로 사랑하는 마음으로 결혼했음에도 불구하고 많은 사람들이 이혼이라는 안타까운 절차를 밟는다. 그에 대한 사유는 상상 이상으로 다양하겠으나 그중에서 가장 많은 지분을 차지하는 건 아마 성격차이가 아닐까 싶다. 그런데 성격이 다르단 것을 아예 모르고 결혼한 경우는 꽤 드물다. 보통의 연애를 거친다면 그런 걸 모를 리가 없다. 어쩌면 세상에서 나보다 더 나를 잘 알 만한 존재는 다름 아닌 나를 사랑하는 사람이니까. 하지만 그럼에도 성격차이를 내세우며 갈라서게 되는 건, 한 지붕 아래 함께 살아가는 동안 미처 몰랐던 새로운 면들을 목격하는 데서 오는 변수를 극복하지 못해서라고 생각한다. 그러니까 상대방에 대하여 웬만큼은 다 안다고 생각했는데, 그게 아니었던 것이다.

근데 그럴 수밖에 없는 것이 함께 지내는 시간이 많아질수록 콩깍지(?)는 자연스레 벗겨지기 때문이다. 그리고 연애할 때는 상대방에게 보이고 싶지 않은 모습을 감추는 게 어느 정도 가능했을지라도, 결혼 후에 같이 살게 되면 그것도 한계가 있다. 가면을 쓰고 사는 건 그 자체만으로도 상당한 스트레스로 다가오기 때문에 계속 유지하기도 힘들다. 결혼 후에 일어나는 거의 대부분의 문제는 바로 이 시점에 불만을 얼마나 어떻게 품는지에 따라 갈린다 해도 과언이 아니다. 이때 만약 마음에 들지 않는 부분이 포착된 후로 계속해서 그것만을 곱씹는다면 그 모난점은 더욱 또렷해질 수밖에 없다. 그럼 관계의 종착지는 둘 중하나다. 언젠간 끝을 보거나, 아님 계속 불편하게 살아가거나.

아무리 서로가 잘 맞다며 주장해도 어느 정도의 성격 차이는 있을 수밖에 없다. 각자만의 환경에서 성장한 만큼이나 천차만별로 다른 사고방식을 지닌 두 존재가 만났는데 오히려 성격이 비슷한 게 더 이상한 일이다. 참고할 만한 규격집도 없이 한 사람은 볼트를 만들고 다른 한 사람은 너트를 만드는데, 그것들이 단번에 들어맞을 리가 만무한 것처럼 말이다. 단언컨대 성격 차이가 없다고 하는 관계가 있다면 그건 성격이 잘 맞는 게 아니라 아직 서로를 잘 모르는 단계일 것이다. 혹은 생각보다 관심이 없거나. 더군다나 사람은 상황에 맞게끔 매 순간 변하는 존재다. 겉으로 보이는 모습은 별 차이가 없을지언정 하루가 다르게 우린 변하고 있다. 그러니 함께 살아가는 와중에 없던 차이도 느닷없이 생기는 건 지극히 자연스러운 일이다.

사실 '차이'는 문제가 아니다. 차이를 어떻게 받아들이고 대처하는지에 따라 문제는 생길 수도 있고 아닐 수도 있다. 상대방이 못마땅한 건 성격의 차이가 탓일 수도 있지만 그저 상대방을 이해하고 싶지 않거나, 상대방을 이해할 만한 마음의 여지가 없기 때문인 걸지도 모른다. 자고로 문제는 문제로 삼으면 문제가 된다고 했다. 그러니 성격차이는 극복하는 게 아니라 그냥 받아들여야 하는 부분이라고 생각한다. 달리 말해 차이를 좁히려고 할 게 아니라 '차이'를 이해하고자 노력하는 게 더 낫다는 말이다. 물론 배우자와의 어긋난 부분들을 맞추려고 애를 쓴다면 어느 정도 맞추는 게 가능키야 하겠지만, 인간의 욕망은 만족하는 법이 없다는 게 문제다. 상대를 바라보는 관점이 맑지 않으면 하나가 해결되더라도 다른 하나를 걸고넘어질 게 뻔하다.

상대방을 받아들이지 못하는 건 내가 옳다는 생각이 맘 속 깊이 자리 잡고 있어서 그렇다. 일단 대립을 하기도 전부터 내가 맞단 생각을 기반으로 상대를 대하니까 나와 다른 행태는 이유를 불문하고 모두 아니꼽게 여겨지는 것이다. 예컨대 뭔가 불만스러운 상황에서 '아니 이렇게만 하면 되는데 왜 저렇게밖에 못하는 거지'라는 식으로만 생각한다면 나는 맞고 상대방은 잘못됐다는 관념만 강해진다. 그럼 문제해결은 고사하고 내 생각이 틀리지 않았음을 입증하는데만 혈안이 된다. 문제의 본질과는 멀어지는 것이다. 하물며 '차이'는 실재하는 것도 아니다. 인간의 생각이 만들어 낸 개념에 불과하다. 옳다 그르다의 잣대로써 남을 판단하지만 않으면 문제는 심각해질 일이 없다. 정말 그러지만 않으면 대부분의 경우에서는 그러려니 하고 넘어갈 수 있다. 근데 그렇지가 않고 내가 맞다는 우직한 관념을 내세우며 배우자를 긁다 못해 찍어 내리기까지 한다면, 둘 중 한 사람은 관계의 선을 넘나드는 생각과 행동을 일삼아도 전혀 이상할 게 없는 일이다.

단언컨대 마음이 변하는 것의 여부와는 상관없이 원만한 관계를 유지하는 방법은 배우자의 있는 그대로의 모습을 존중하고 받아들이는 것뿐이다. 만약 그런 마음가짐이 바로 서 있지 않다면 그 누구를 새로이 만나더라도 비슷한 상황이 반복해서 일어날 게 뻔하다. 사람은 희한하리만큼이나 끼리끼리 만나게 되니까.

———

한 사람을 알아가는 과정은 과일 사 먹는 것과 크게 다르지 않다고 본다. 맨 처음 서로를 알아가는 단계, 소위 말해 '썸'이라고 하는 그 시기는 상대방이 보여주는 겉모습밖에는 알 수 있는 게 없다. 과일의 껍데기나 냄새만으로 살지 말지를 결정해야 하듯이 말이다. 이후에 썸을 타던 인연이 연인으로 발전하게 되면 그제야 비로소 그 사람이 어떤 사람인지 자세히 알게 된다. 고민 끝에 사게 된 과일을 직접 먹어봄으로써 실제 맛이 어떤지 보는 것이다. 보통 이쯤 되면 상대방을 거의 다 파악했다고 생각한다. 맛이 좋으면 괜찮은 과일이라 여기고 맛이 없으면 나쁘다고 본다. 하지만 내가 먹은 과일이 좋은지 아닌지의 진실여부는 먹고 난 후에 소화되는 과정에서 드러나는 법이다. 맛은 좋지만 탈이 날 수도 있고 맛은 그저 그런데 오히려 건강에는 좋을 수도 있는 것처럼. 요컨대 두 사람이 결혼하여 함께 산다는 건, 맛이 나쁘지만은 않으니 계속 먹어도 괜찮을 거라 생각했던 과일의 정체가 비로소 드러나는 일인 것이다. 문제는 만약 몸에 이상반응이 생긴다 해도 그 원인을 꼭 과일이라고만 단정 지을 순 없다는 점이다. 사람은 과일만 먹고사는 게 아니니까.

갈대처럼 흔들리는 마음에 비해 사람 자체는 쉽게 바뀌지 않는다. 배우자는 원래부터 그런 사람이었음에도 시간이 지나면 얼마든지 달리 보일 순 있다. 그런데 내 생각을 내세우며 남에게 강요를 하기 시작하면 없던 문제도 우후죽순 생겨나기 마련이다. 세상에서 가장 합리적인 나만의 기준이 있는데, 그런 부분들을 충족하지도 못할뿐더러 되려 반대로만 행동하고 있는 상대방을 보다 보니 속에 천불이 나는 것이다. 다만 아무리 꼴 뵈기 싫은 행동만 골라서 하는 사람일지라도 정작 본인은 그렇게 되기 위해 애를 쓰지 않았을 테다. 일부러 미움을 사려는 사람은 거의 없으니까. 사람이라면 누구나 자신만의 생각대로 살아간다. 그러니 상대방에게 불만을 품는 건 자유지만, 그저 내 마음에 들지 않는단 이유로 뭔가를 잘못됐다고 단정 짓기엔 무리가 있다. 나를 불편하게 만드는 자에게 죄가 있다면 그동안 살아오던 방식을 고수한 것뿐이다.

요는 문제를 걸고넘어지기 전에 그것을 문제라고 여기는 그 생각을 유심히 관찰하며 곱씹어 볼 필요가 있다는 것이다. 문제를 문제로만 보지 않을 때 전에 없던 신선한 사유가 일어날 만한 여지가 샘솟는다. 더불어 그 과정을 통해 어디서도 쉽게 접할 수 없는 내면의 성장을 경험하게 된다. 난 그것이야말로 부부라는 특별한 관계에서 얻을 수 있는 남다른 보상이라고 생각한다. 참 신기하게도 내가 먼저 바뀌면 상대방도 함께 바뀐 적이 많았다. 생각을 달리 하니 눈앞의 대상뿐만이 아니라 나를 둘러싼 세상마저 새삼 달리 보이곤 했다. 아마 그게 가능했던 이유는 처음부터 상대를 바라보는 마음의 시선이 문제였기 때문이리라.

사랑이 변하는 건 정상이다

가끔, 전생에 꼭 다시 만나잔 약속을 하고서 기적적으로 그 염원이 이루어지기라도 한 게 아닌가 싶을 정도로 난 아내를 사랑한다. 운이 좋게도 아내의 마음 또한 나와 크게 다르진 않아 보인다. 근데 그런 우리 사이라고 해서 관계의 텐션이 일정 수준으로 꾸준히 유지되는 건 또 아니다. 예컨대 연애 초창기에는 종일 카톡을 주고받고, 주말이면 근교를 탐방하고, 노을이 질 때쯤이면 술잔을 기울이며 달밤을 맞이하곤 했었다. 그에 비해 요즘은 아침에 출근하면 서로의 하루를 응원하는 메시지를 간단하게 주고받는다. 주말이랍시고 나들이를 계획하기보다는 둘 중 한 사람이 볼 일이 있으면 각자 개인적인 시간을 보내기도 한다. 전처럼 저녁 밥자리에 술을 곁들이는 횟수도 현저히 줄었다. 되도록이면 간단하게 끼니를 해결하고 내일의 고생을 위해 편히 쉬는 쪽을 택한다.

뭐가 더 나은지는 대뜸 꼬집기가 어렵다. 관계가 뜨거울 땐 뜨거운 대로 지금은 지금대로의 미지근한 매력이 있다. 그럼에도 굳이 고르라면 난 지금이 더 좋다고 하겠다. 뜨거우면 그만큼 데이기도 쉬울뿐더러 다른 일들에 신경 쓰기가 어려운 반면에, 요즘은 안정감이 물씬 배어든 나날을 보냄으로써 더없이 안녕한 상태를 즐기고 있기 때문이다. 오히려 지금까지도 사이가 처음처럼 뜨겁기만 했다면 둘 중 한 사람은 뭔가 미심쩍게 여겼을지도 모를 일이다. 혹은 그만큼 피곤해했거나. 왜냐하면 시간이 지나면 모든 게 원점으로 돌아가는 자연의 섭리를 감안했을 땐, 그건 정상적인 흐름이 아니기 때문이다.

보통 결혼을 하게 되면 평생 함께 할 거란 약속을 서로가 서로에게 하곤 한다. 그 약속이 보란 듯이 깨진 사례는 숱하게도 많지만, 우린 다를 거란 믿음을 품고 감히 돌이킬 수 없는 절차를 기어코 밟고야 만다. 그러나 두 사람 사이의 애정 전선이 전과 같지 않음을 느끼는 건 그 누구라도 피할 수 없는 일이다. 이유는 단순하다. 상황이 변했으니까. 가령 꼬르륵 소리가 날 정도로 배고픈 상태에서 라면 먹방이라도 본다면 당장에라도 냄비에 물부터 올리고 싶은 충동이 일게 된다. 하지만 소화가 되지 않을 정도로 배가 찼을 때 그런 장면을 본다면 물을 끓이기는커녕 라면을 쳐다도 보고 싶지 않을 것이다. 이처럼 서로 간에 애정이 변하는 것도 비슷한 원리다. 상황이 변하면 마음도 덩달아

달라지는 법이다. 설사 아무런 일이 일어나지 않았다 한들 마음은 시간을 먹고 자라기 때문에 충분히 변할 수 있다. 그러니 사랑이 변하는 건 그 누구의 탓도 아니다. 인간의 마음이 원래부터 그렇게 생겨먹었을 뿐이다.

———

난 사랑을 표현하는 방식이 변한 것을 마음이 들뜬 것으로 간주하기엔 무리가 있다고 본다. 애정이 식었다는 이유만으로 상대방을 탓하는 건 조금 무리가 있다고 생각한다. 배우자가 항상 초심을 유지할 거라는 건 애초에 당연하지도 않았으며 본인이 통제할 수도 없는 일이다. 그런 것에 괜한 기대를 걸어봤자 실망이라는 탐탁지 않은 감정을 고스란히 떠안게 될 확률만 높아진다. 물론 일부 극적인 상황에 따라서는 애정이 식어 보이는 게 정말 마음이 떠나서 그런 것일 순 있다. 그러나 보통의 부부 관계에서 사랑하는 마음이 변하는 건 전혀 이상할 게 없는 일이다. 그런 단계로 접어들면 섭섭해 하기는커녕 되려 평화를 만끽할 때가 되었음을 알리는 신호로 받아들여도 무방하다.

꼭 좋은 일이 생겨야만 행복할 수 있다 여긴다면 남은 여생의 대부분이 불행하기만 할 것이다. 대개 사람들이 생각하는 좋은 일들, 그러니까 좋은 직장에 취직하거나 어려운 시험에 합격하거나 로또에 당첨되는 것 따위의 일들은 살면서 마주할 확률이 매우 희박하니까 말이다. 혹 그런 믿음을 지닌 사람에게 우연찮게도 좋은 일들이 연달아 일어난다면, 당장에는 좋을진 모르겠으나 길게 보면 오히려 재앙에 가까운 것일 수도 있다. 사람은 도통 만족하는 법이 없기 때문이다. 더군다나 기분이 하늘 높은 줄 모르고 치솟게 되면, 다시 원래대로 돌아오는 과정에서 정체 모를 공허함이 닥쳐와 마음이 텅 빈 것처럼 느껴지기도 한다. 이때 사람은 허한 마음을 달래고자 더 좋은 일이 일어나기만을 간절히 바라게 된다. 먼저 일어난 좋은 일들은 금세 잊고서 말이다. 그럼 이미 손아귀에 거머쥔 행복을 알아챌 리 만무하다. 요는 좋은 일이 무조건 좋은 것만은 아니라는 말이다.

서로를 웬만큼 안다고 생각하여 결혼이라는 인생의 합의를 이룬 것이겠지만, 함께 살다 보면 별의별 모습을 다 보게 된다. 그런 걸 보면 초심이 유지된다는 게 되려 비정상적이다. 열띤 사랑을 영원히 유지할 수 있는 방법은 이 세상 전체를 멈추는 것밖에 없다. 하지만 시시때때로 변하는 마음에 비해 시간은 영원토록 흐른다. 내가 죽고 없어지더라도 세간의 굴레는 계속해서 잘만 돌아갈 것이다. 그러니 결혼 후에 관계의 농도가 달라지는 자연스러운 현상을 받아들이지 못할수록 본인만 손해다. 당연하지 않은 것을 당연하게 여길수록 안온한 마음을 유지할 수 없는 건 너무 당연한 일이다.

사실 인생의 방향성이 뚜렷하지 않으면 별의별 게 다 눈에 거슬리는 법이다. 그에 대한 원인은 복잡다단하겠으나, 큼지막하게는 몰두할 만한 무언가가 없으니 에너지가 남아 돌아서 그런 걸수도 있다. 불면증에 시달리는 사람도 건설현장에서 하루 꼬박 일하고 녹초가 되면 알아서 곯아떨어지듯이, 자기만의 중요한 일이 있는 사람은 나머지 자잘하고 쓸데없는 일들에 신경 쓸겨를이 없게 된다. 그러니 사랑하는 사람과의 문제를 걸고넘어지기 전에, 내면을 잠식한 그 무언가가 밖에서 오는 것인지 안으로부터 나오는 것인지 자기 자신과의 대화를 통해 점검할 필요가 있다고 생각한다. 우리가 앓는 거의 대부분의 고충은 그 원인이 바깥에 있지 않다.

부부 사이의 신뢰가 깨진다는 건

어느 날, 이색체험을 하기 위해 바닥이 유리로 된 다리를 건너기로 했다. 혹시라도 떨어지면 살아남을 수 없는 높이에 위치한 곳이었다. 썩 내키진 않았으나 파트너의 안전하다는 말 한마디에 애써 의지한 채 두려움을 무릅쓰고 한 걸음씩 천천히 내딛기 시작했다.

다만 바람의 세기가 심상찮다. 다리가 꽤 많이 흔들리는 것 같다. 왠지 더 이상 가면 안 될 것만 같은 직감이 들어 발이 쉽게 떨어지질 않는다. 심지어 다리 밑으로 보이는 계곡은 한 번 휩쓸리면 살아남는 건 상상도 할 수 없을 만큼 물살이 거세게 흐르고 있다. 그에 불안감은 점점 커지지만, 그럼에도 괜찮을 거라며 재차 언급하는 파트너를 못 이기는 바람에 겨우 발걸음을 내디뎌 본다.

그런데 바로 앞에 있는 유리에 한쪽 발을 올리는 순간, 갑자기 쩍 소리가 나면서 당장에라도 깨질 듯이 금이 갔다. 그에 너무도 놀란 나머지 사고회로가 멈추고 온몸이 마비라도 된 듯 꼼짝도 할 수가 없었다. 하지만 생존 본능이 발동하여 몸이 알아서 뒷걸음질을 친 덕분에 간신히 다리로부터 빠져나올 수 있었다. 곧이어 강한 바람이 불어와 다리가 크게 한 번 흔들렸다. 그러더니 이내 금이 갔던 유리는 산산조각이 나 저 멀리 아래 계곡으로 떨어졌다. 천만 다행히도 목숨은 건졌으나 생각할수록 다리가 후들거리며 심장이 철렁할 정도로 아찔한 상황이었다.

만약 그런 다리를 다시 건너보라고 한다면, 건널 사람이 과연 몇이나 있을까.

———

부부간의 신뢰가 깨진다는 건 이와 같은 상황이다. 아무리 서로 사랑하는 마음을 기반으로 평생의 약속을 맺은 관계라고 한들, 둘 사이에 신뢰가 깨지면 아무런 소용이 없는 허망한 게 바로 부부라는 인간관계다. 신의를 저버린 사람은 배우자로 하여금 더 이상 믿을 수도 없을뿐더러 가까이하고 싶지도 않은 껄끄러운 존재로 거듭나게 된다. 하물며 신뢰할 수 없는 사람과 함께 지내는 건 곧 안전하지 않은 상황에 이르렀다고도 볼 수 있다. 왜냐하면 돌발상황이 언제 어떻게 일어날지 모르기 때문에 내내 초조하고 불안한 상태로 있을 수밖에 없기 때문이다. 그런 심정을 머금고 있는 사람이 평온한 일상을 보낼 리 만무하다.

생존을 최우선적으로 여기는 인간으로서는 불안감을 야기하는 상황으로부터 벗어나고자 애를 쓰는 게 당연하다. 그러니 신뢰할 수 없는 사람과는 같이 살려해도 도무지 함께 할 수가 없는 것이다. 생각과 의지로써 어찌 참고 견디려 해 봐도 본능적으로 안위의 위협을 느끼는 이상, 언제까지 그런 사람 옆에서 얌전히 지낼 수만은 없는 노릇이다.

물론 일부러 배우자의 불신을 사는 경우는 거의 없다. 단지 최악의 결과가 설마 자신에게는 일어나지 않을 거라는 막연한 믿음에 기댄 나머지, 신뢰에 금이 갈 만한 만행을 기어코 저지르고야 마는 이들이 있을 뿐이다. 세상엔 똥인지 된장인지 꼭 찍어 먹어 봐야 아는 사람들, 매일 감사해도 모자랄 만큼 중요한 것들의 가치를 꼭 사라져야만 깨닫는 사람들이 생각보다 많다. 그러니까 있을 땐 소중함을 모르다가 큰 죄를 짓고 곁에 있던 사람이 떠나고서야 비로소 정신을 차리는 그런 사람들 말이다. 심지어 세상 멀쩡했던 사람조차도 희한한 계기로 인해 돌이킬 수 없는 실수를 하기도 한다. 인간은 알면 알수록 차마 인정하기 싫을 만큼이나 불완전하고 어리석은 존재다.

근데 결국엔 땅을 치고 후회할 법한 일을 대체 왜 벌이는 걸까. 사람이 상식밖의 일을 감행하는 걸 자세히 들여다보면 책임회피 혹은 현실도피와 밀접한 관련이 있다. 결혼 후의 삶에 뭔가 불만이 있거나 나름의 결핍이 있는데 그 탓을 엉뚱한 곳으로 돌리게 되면서부터 비극은 시작된다. 자신이 품고 있는 문제가 본인의 망상으로부터 기인한 것이라고는 생각지 못하고 배우자와 의논하여 풀어갈 생각은 더더욱 하지 못한 채, 출처 불분명한 갈망을 채우고자 바깥으로 겉돌게 되는 것이다. 그런 사람들이 빠지는 게 소위 바람이나 도박, 술, 쇼핑, 게임 같은 것들이다.

건전치 못한 수단을 동원하면 채우고자 하는 그 무언가를 어느 정도 메울 순 있다. 아마 기대했던 것 이상으로 말이다. 하지만 그 효과는 아주 잠시 뿐이며 문제는 그 찰나의 순간이 지나고 나면 큰 공허감에 사로잡히게 된다는 점이다. 마음이 돌아가는 원리가 그렇다. 고로 평범의 범주를 넘어서는 자극에 의지하게 되면 이래나 저래나 좋을 게 없다. 그 행위의 자극이 강할수록 점점 중독에 빠질 것이고 혹시라도 일이 꼬이기라도 한다면 치러야 할 대가는 가히 치명적이다. 만약 그런 상황에 처한다면 운이 정말 좋지 않고서야 사랑하는 사람뿐만 아니라, 자기 자신에게도 철저히 외면받게 되는 건 시간문제일 것이다.

죄는 미워하되 사람은 미워하지 말라는 격언이 있다. 난 그 말에 전적으로 동의하는 바이다. 왜냐하면 사람과 행동 사이에 껴들지 못해 안달이 난 욕망이 언제나 죄를 빚어내는 주범이라고 보기 때문이다. 예컨대 욕망은 느닷없이 나타나서는 요구하는 바를 들어주지 않으면 사라지지 않겠다며 멀쩡한 사람에게 엄포를 놓는다. 그에 아무것도 모르는 순진한 행동은 갑작스러운 지시를 받고 욕망이 이끄는 작업에 착수하게 된다. 그렇게 욕망의 술수에 놀아난 자는 더 큰 갈망을 낳는 쾌락과 결부된 사람이라는 누명을 보상으로 얻게 된다. 그야말로 일말의 이득도 없는 장사다.

근데 그렇다고 해서 욕망에 전적인 책임을 물을 수도 없다. 주인 없는 욕망은 인간의 마음을 한 차례 휘젓고는 아무 일도 없는 듯이 바람처럼 지나갈 뿐이다. 단지 인간이 그런 것에 유독 휘둘리기 쉬운 나약한 존재라는 게 아쉬울 따름이다. 그러므로 사람은 죄가 없다고 생각한다. 우리가 하는 대부분의 실수는 일순간 스치는 욕망이 일구어 낸 작품에 불과하다. 욕망이 곧 본심이었다면 사람은 후회라는 걸 할 리가 없다. 더군다나 머리와 마음에 든 것들이라고 해서 무조건 내 것인 것도 아니다. 당최 그것들이 어디에서 오는 것인지 그리고 어디로 가는 것인지조차도 알 길이 없다. 그러니 내 안에서 일어나는 것들이라고 해서 무조건 따라야 할 필요는 없는 것이다.

앞서 언급했듯 사람이라면 누구나 욕망 앞에서는 취약하다. 다만 그중에서도 저항 한 번 제대로 못하고 속수무책으로 당하는 부류가 있다. 그건 바로 할 일이 없는 사람이다. 가만 보면 딱히 할 게 없는 사람이 바람을 피운다. 딱히 할 게 없는 사람이 도박에 손을 댄다. 딱히 할 게 없는 사람이 게임이라는 가상 현실에서 헤어 나오질 못한다. 정말 별로 할 일이 없는 사람일수록 필요 이상으로 남들의 시선을 신경 쓰고 하등 쓸데없는 것들에 쉽사리 빠지곤 한다. 반면에 삶의 밑그림이 있고 자기만의 중요한 일로써 하루하루를 채색하느라 바쁜 사람은 욕망 앞에서 어느 정도 흔들리긴 해도 쉽게 넘어가는 법이 없다. 그건 그런 사람이 강해서가 아니라 본인 할 일 하는 것만으로도 시간이 부족하기 때문에 다른 것들에 마음 줄 여지가 없어서 그렇다. 좋아하는 일을 찾는 건 그래서 중요하다.

———

세상에 가만히 앉아서 해결되는 건 단 하나도 없다. 금실 좋은 부부는 그냥 이루어지지 않는다. 서로 잘 지내기 위한 두 사람의 고민과 노력의 흔적들이 일군 유대감이 없다면 결코 성립될 수가 없는 관계다. 어느 정도의 헌신과 얼마만큼의 희생을 치러야 하는지는 각자 처한 환경에 따라 다르겠지만, 배우자와 좋은 사이를 유지하려면 다음 중 한 가지 이상은 충족이 돼야 한다고 생각한다.

배우자에게 진심을 다해 잘해 주거나,
나부터 올곧게 살아가거나,
바라는 게 없거나.

이 세 가지를 모두 안고 갈 수 있다면야 더할 나위 없이 좋겠지만 현실적으로 그럴 수 있는 사람은 거의 없다. 일단 배우자에게 잘하는 건 얼핏 당연한 소리 같기도 하고 말은 좋아 보인다. 다만 아무리 배우자라 할지라도 나완 엄연히 다른 세계관을 지닌 완벽한 타인이기 때문에 잘해주는 건 한계가 있다. 그런 까닭에 내가 애쓰는 만큼 상대방이 좋게 받아들일지는 미지수다. 겉으로 보이는 반응은 괜찮아 보여도 진정 본인이 만족해서 그런 건지 날 위해 그런 척을 하는 건지는 도통 알 길이 없다. 요컨대 노력 대비 리턴값이 불분명한 전략이라고 볼 수 있다.

배우자에게 바라는 게 없으면 실망할 일도 없을 테니 웬만큼의 평화는 확보할 수 있다는 확실한 장점이 있다. 하지만 부처가 아닌 이상 멀쩡한 인간이 사랑하는 사람에게 기대하는 바가 아예 없을 순 없거니와, 자칫 잘못하면 배우자 본인에게 일말의 관심도 없는 것처럼 내비칠 수도 있다. 그만큼 바라진 않되 적당히는 바랄 줄도 아는 고도의 센스가 필요한 일이다.

사실 앞서 언급한 것들 중 나부터 올곧게 살아가는 것이 단연코 가성비가 으뜸이라고 본다. 왜냐하면 스스로 똑바로 살고자 하는 마음을 먹는 것만으로도 나머지 자잘한 문제들은 알아서 해결될 만큼 전에 없던 긍정적인 기운이 인생에 가득 들어차기 때문이다. 난 최고의 효도는 자식으로서 잘 살아가는 모습을 보여주는 것이며, 최고의 교육도 부모로서 잘 살아가는 모습을 보여주는 것이라 생각한다. 마찬가지로 남은 여생을 함께 하기로 약속한 배우자로서 나부터 옳게 살아가는 것이 사랑하는 사람의 가장 이상적인 파트너가 되는 일이라고 믿는다. 부부는 한 배를 탄 것일 뿐 한 몸이 된 건 아니다. 잠시 방향을 잃고 표류할 순 있을지언정 최소한 가라앉지만은 않기 위해서라도 나부터 올바르고 듬직하게 살아갈 필요가 있다. 그래야 상대방이 나를 보고 좋은 영향을 받든지 내가 상대방에게 도움 줄 만한 여력이 생기든지 할 테니까.

사람이라면 누구든지 자신이 손가락질했던 존재로 전락할 가능성이 다분하다. 시간은 계속해서 흐르고 상황은 끊임없이 변하며 그에 따라 인간의 마음도 예측할 수 없는 방향으로 뻗치기 때문이다. 단언컨대 욕망을 이해하지 못하면 우린 얼마든지 경로를 이탈할 수 있다.

　신뢰는 꼭 유리와도 같아서 단단해 보여도 한 번 깨지면 아무리 정성 들여 붙여봤자 원래대로 돌리는 건 거의 불가능하다. 어찌저찌 이전의 형태를 다시 갖춘다 해도 깨진 자국은 그대로 남아 있을 것이다. 때문에 아예 처음부터 신뢰가 무너질 일이 없게끔 사전에 예방하는 차원에서 평소에 태세를 다잡는 게 좋다. 가만히 있기만 해도 곧 스쳐 지나갈 욕망에 멋모르고 대책 없이 휘둘리지 않기 위해서라도, 세상과 인간에 대하여 부지런히 사유하고 공부해야 하는 이유다.

PART. 4
유부남이 되고서야 찾은 꿈

쉽고 편한 길을 마다했던 이유

아무것도 모르던 사회초년생 시절에 취했던 공략은 무조건 열심히 일하기였다. 미친 듯이 열심히만 하면 윗사람들에게 인정받아 승진하고 또 승진해서 임원까지만 되어도 주변 사람들보다 웬만큼은 잘 살게 될 줄 알았다. 그러나 그건 세상물정 모르는 풋내기여서 품을 수 있는 귀여운 계획이었다.

실내디자인과를 졸업하고 처음 취직한 곳은 서울 역삼동에 있는 인테리어 회사였는데, 판교에 있는 백화점 공사현장에 투입된 후 정확히 4개월 보름동안 딱 두 번밖에 쉬지 못했다. 그마저도 고향에 있는 친구의 결혼식과 예비군 훈련을 핑계로 쉴 수 있던 거였다. 근무 시간은 평균 16시간이었고, 아침 6시에 집을 나섰다가 다시 돌아오면 빨라야 밤 11시였다. 그렇게 일하고 통장에 꽂히는 월급은 세금 떼고 147만 원이었다. 하필이면 신림동 자취방 월세 54만 원의 출금날이 겹치는 바람에, 월급날 저녁이면 90만 원 남짓한 돈이 통장에 남아 있었다. 어느 정도 박봉을 예상했음에도 막상 겪어보니 생각보다 훨씬 더 막막했다. 답이 보이지 않았다. 그즈음에 혼술이란 걸 처음으로 하기 시작했다. 감당하기 벅찬 현실을 술 없이는 견디기가 힘들었다.

결국 말도 안 되는 업무환경을 극복하지 못하고 첫 직장은 1년도 채 되지 않아 그만두었다. 설사 그쪽 바닥에서 버티며 적응한다 할지라도 그런 식으로 일하면 결혼하기가 힘들 것 같았다. 공사가 한 번 시작되면 최소 2,3개월에서 길게는 1년 이상 현장에 틀어박혀 사느라 집에도 못 들어가는 남편과 함께 살고 싶은 사람은 몇 없을 테니까.

회사원의 한계를 체감했던 난 관리자를 떠나 현장에서 많이 봤던 기술자로 일해보고 싶었다. 기본적으로 일당이 높아서 웬만한 회사원들 보다는 돈을 많이 벌 수 있을 것 같았다. 무엇보다도 기술 하나만 잘 배워 놓으면 평생 써먹을 수 있다는 게 가장 좋아 보였다. 도배, 필름, 도장, 타일, 설비, 간판 등 다양한 업종이 있었는데 그중에서도 목수가 가장 하고 싶었다. 목수는 업무 난이도가 상당했지만 그만큼 일당이 높은 편이었다. 실제 함께 일했던 목수반장님을 찾아뵙는 등 여기저기 발품을 팔았더니, 생각보다 빠르게 한 내장목수팀의 막내로 들어가 일을 배울 수 있었다.

예상대로 목수일은 어려웠다. 첫날부터 팀 내 둘째 형님이 아파트 현장에서 천장 목골조 짜는 걸 몸소 보여주더니, 갑자기 날더러 바로 똑같이 해보라고 하는 어이없는 상황이 아직도 눈에 선하다. 말도 안 된다고 생각했지만 인간은 적응의 동물이라고, 하다 보니 금세 또 따라 할 수 있긴 했다. 욕도 실컷 먹었다. 그보다 더 많이 먹은 건 톱밥이 토핑된 먼지였지만 말이다. 힘들긴 했는데 힘든 만큼 일이 재밌었다. 이런 식으로 계속 기술을 갈고닦으면 일당도 쭉쭉 올라갈 테니, 월 300만 원 정도는 수월하게 벌 수 있을 것 같았다.

하지만 일을 배운 지 1년이 다 되어갈 때쯤 현실적인 문제가 수면 위로 슬슬 드러나기 시작했다. 우선 떠돌이 생활이 걸림돌이었다. 한 지역에서만 일할 수 있다면 참 좋았겠지만 현실적으로 그럴 수가 없었다. 지방은 일거리가 많이 없는 관계로 일이 있는 지역을 찾아다녀야 했다. 순천에서 일주일, 부산에서 4일, 포항에서 3일 이런 식으로 말이다. 그러다 보니 당장 내일 내가 어디에 있을지를 당체 가늠할 수가 없었다. 때문에 친구들이나 여자친구와 약속 한 번 잡는 건 하늘에 별따기만큼이나 어려웠다.

일이 잡혀서 한 번 다른 지역으로 넘어가면 공사가 끝날 때까지 형님들과 숙소(거의 모텔)에서 함께 지내야 했다. 함께 일하던 형님들은 내게 잘해줬지만, 어쨌거나 24시간 내내 직장상

사와 붙어 있는 것이나 다름없었다. 저녁마다 술도 먹어야 했고 말이다. 사실 처음부터 떠돌이 생활을 각오하긴 했었다. 이전 회사에서처럼 한 번 현장에 투입되면 몇 달씩 상주하는 것보단 훨씬 나으니 충분히 버틸 수 있을 거라 생각했다. 그러나 막상 겪어보니 퇴근 후에 집을 가지 못하는 건, 그 기간이 일주일이든 한 달이든 간에 힘든 건 매한가지였다.

일당이 높은 것에 만족해 보려고도 했지만 그마저도 쉽지 않았다. 바쁠 땐 한 달에 29일을 쉬지 않고 일할 때가 있는 반면에, 일이 없을 땐(겨울 같은 계절에) 겨우 보름도 채우지 못할 때가 있었다. 언제 한 번은 8개월치 월급의 평균을 계산해 봤는데 결괏값이 믿기지가 않았다. 그렇게 고생을 해가면서 받는 돈이 고작 평균 200만 원 정도밖에 되지 않았던 것이다. 물론 실력 없는 막내라서 일당이 낮긴 했으나, 그 부분을 감안하더라도 쉽게 받아들이긴 힘들었다.

돈도 돈이지만 심리적인 압박감이 상당했다. 일거리가 언제 어떻게 있을지 모르고, 갑자기 비가 오면 일을 하고 싶어도 못할 때가 있다 보니 5분 대기조처럼 지내야만 했다. 일이 없어서 한 달에 10일만 일한다고 치면 받는 돈은 줄지만, 그만큼 쉴 수는 있을 줄 알았는데 실상은 전혀 그렇지가 않았다. "내일 나오나."라는 큰 형님의 전화가 언제 걸려올지 모르니 마음 편히 뭘 할 수가 없었다. 어디 놀러 가서 하룻밤 자고 오는 건 꿈도 꾸지 못했다. 심지어 내일 비가 잡혀 있어서 쉰다고 해놓고서는, 새벽 5시에 비 그쳤으니 나오라는 전화를 받고 출근한 적도 있었다. 그야말로 일에 질질 끌려갈 수밖에 없는 삶이었다. 마음은 멀어지는데 비해 실력은 늘고 있었는지 막판에 큰 형님이 일당을 많이 올려주긴 했으나, 더 이상 버티지 못하고 목수도 그만두게 되었다.

그 후에도 여러 직종을 넘나들었다. 내장목수에 이어 아파트 골조를 짜는 외장목수도 해봤고, 철골 위에 샌드위치 판넬을 덮어 공장이나 집 짓는 일을 배우며 용접도 해보고, 국비지원학원에서 금형설계도 배웠다가(이때 기계설계산업기사 자격증도 땄었다), 개발자가 전망이 좋아 보여 코딩을 혼자서 공부하기까지 했다. 정말 눈에 들어오는 게 있으면 가리지 않고 겁도 없이 덤벼들었다.

"니는 안 불안하나?"

어느 날 친구가 난데없이 건넨 말이었다. 남들보다 뒤처지는 삶을 살고 있음에도 불안한 기색 하나 없이 천하태평해 보이는 내가 신기한 모양이었다. 물론 마음이 결코 편하지만은 않았다. 좋게 보면 젊을 때 다양한 경험을 했다고 할 수 있지만, 나쁘게 보면 뭐 하나 진득하게 할 줄 아는 것도 없이 나이만 먹었다 하기에도 충분한 이력을 쌓아가고 있었기 때문이다. 그런 날 응원해 주는 사람도 있는 반면에 대놓고 현실적으로 생각하라며 정신 차리라는 사람도 있었다.

한 가정의 가장이 되기 위해 내가 스스로에게 내민 조건은 두가지였다. 첫 번째는 매월 300만 원 이상의 수입이 있을 것. 두 번째는 평생 할 수 있는 업을 찾을 것. 하지만 학창 시절 때 공부와는 담을 쌓고 살았던 관계로 그런 직업을 쉽게 찾을 순 없었다. 물론 공부를 했어도 마찬가지였겠지만 지방 전문대를 졸업한 내 경우엔 전망이 밝고 안정적인 직군에 종사하게 될 확률은 턱없이 낮았다. 더군다나 갈수록 평생직장이라는 게 거의 소멸되어 가고 있는 시대에서 그런 일을 찾는 건 더더욱이나 어려웠다.

그렇다고 어중간한 직장에서 안주하며 지낼 수는 없었다. 회사를 굴리는 수많은 톱니바퀴 중 일부가 되기 위해 나의 소중한 젊음과 에너지를 헌납하긴 싫었기 때문이다. 최선을 다해도 몸값이 올라가기는커녕, 점점 회사로부터 벗어나기 어려운 굴레속에 갇히는 건 상상만으로도 끔찍한 일이었다. 그러니 답이 바로 서지 않아도, 남들보다 모든 게 늦더라도, 평생의 업을 찾기 위해서라면 조금이라도 더 젊을 때 가릴 것 없이 뭐라도 해보는 게 중요하다고 생각했다.

 나 혼자 살아갈 거면 굳이 피곤하게 회사 다닐 것 없이 아르바이트를 하며 근근이 먹고살아도 아무 문제가 없을 터였다. 하지만 배우자를 만나 결혼하고 슬하에 자녀를 둘 거라면 경제적으로 궁핍해지는 것만큼은 피해야 한다고 생각했다. 언제 어떤 일이 어떻게 닥쳐올지 모르는 세상에서 툭 건드리면 무너질 정도로 위태한 가정의 가장이 될 바엔 차라리 혼자인 게 나았다. 인생이 계획대로 흘러가거나 혹은 감당할 법한 수준의 일만 일어난다면 얼마나 좋겠냐만은, 아쉽게도 내가 밟고 서 있는 땅은 그리 호락호락한 곳이 아니었다.

 현실에 굴복하지 않고 내가 맞다고 생각하는 대로 당차게 살았지만, 아쉽게도 나의 20대는 해피엔딩으로 끝나지 않았다. 나만의 업을 찾겠다는 취지는 좋았으나 어디 그게 말처럼 쉽던가. 하는 것마다 이런저런 핑계를 대며 그만두는 바람에 1년 이상 일한 경력을 단 한 줄도 긋지 못한 채로 30대가 되어버렸다. 여전히 직업의 방향은 오리무중이고, 모은 돈도 없으며, 별다른 재주나 기술도 없는데, 앞으로 어떻게 살아야 할지에 대한 계획마저 뚜렷하지 않았다. 그나마 20대까지는 젊음을 핑계 삼아 '어떻게서든 되겠지'라는 마음으로 버텼는데, 30대로 들어서니 그런 패기는 쥐도 새도 모르게 사라지고 없었다.

옛날부터 서른 살이 넘어갈 때쯤이면 사랑하는 사람과 결혼해서 아이도 낳고 안정적인 직장에서 한창 열심히 커리어를 쌓고 있을 줄 알았다. 난 뭘 해도 열심히 하는 사람이니까. 하지만 열심히 한다고 되는 건 아무것도 없었다. 사회생활을 해보니 열심히는 특기가 아니라 기본 중에 기본이었다. 관건은 나의 성향과 맞는 일을 찾는 것이었다. 복지가 좋든 미래전망이 밝든 간에 일에서 의미를 찾지 못하면 아무런 소용이 없었다. 적어도 난 그랬다. 정말 모든 걸 쏟아부어도 아깝지 않을 만큼 마음을 다할 수 있는 일이어야만, 그 일을 통해 남다른 삶을 살아갈 수 있을 거라 믿었다.

어느덧 쌓인 경력만큼의 대우를 받고 있는 친구들이 부러워지기 시작했다. 처음엔 그들이 다 잘못된 길을 걷는 거라고 생각했다. 조금 돌아가더라도 내가 지향하는 방향이 맞는 줄 알았다. 그러나 인생살이는 정해진 정답이라는 게 없는데 어떤 것을 맞다고 생각하는 것 자체부터가 이미 틀린 것이었다. 참 어리석게도 모든 일이 엎어지고 나서야 비로소 내 생각이 오만하기 짝이 없었다는 걸 깨닫게 되었다. 난 과감했지만 참을성이 없었다. 모르고 서툴러도 배우면 그만인 줄 알았지만 배움은 끝이 아니라 시작에 불과했다. 뭐든지 마음만 독하게 먹으면 될 줄 알았는데 세상엔 분명 안 되는 것도 많았다.

하지만 어쩌겠는가. 직접 부딪혀 보지 않고서는 결코 알 수 없는 게 부지기수였다. 신중한 고민과 최선을 다 할 각오만으로는 높디높은 현실의 벽을 뛰어넘기 힘들었다. 실패하고 싶진 않았지만 실패해도 어쩔 수 없는 부분이라 여겼다. 다만 실패도 자꾸 하다 보니까 실패하는 것에 대해 관대해지긴 했다. 선택에 따른 결과를 기꺼이 책임지고자 하니 실패하는 것도 그리 두렵지가 않았다. 그리고 실패는 불행한 일이 아니라 하나의 경험에 불과하다고 생각했다. 비록 30대라는 구간에 진입했음에도 여전히 뭘 해야 할지는 미지수였지만, 최소한 뭘 하면 안 될지만큼은 확실하게 알 수 있었던 것처럼 말이다.

돈을 포기하고 인생을 구하기로 했다

"야, 우리 회사 들어올래?"

어느 날 자정에 가까운 시간에 친구에게서 걸려온 전화를 받자마자 들은 말이었다(나중에 알게 된 건데 회사의 규모가 커지고 있어서 한참 사람을 많이 뽑는 시기였다고 한다). 평소 연락을 주고받는 편이 아니어서 처음엔 이놈이 왜 이러나 싶었는데 더 당황스러운 건 내 반응이었다. 원래 같았으면 일말의 고민도 없이 거절을 했어야 했다. 왜냐하면 그 친구는 구미에 있는 한 중견 철강회사에서 생산직 교대 근무를 하고 있었고, 다른 건 몰라도 난 공장에서 밤을 새 가며 일하고 싶진 않았기 때문이다. 일전에 아르바이트로 야간근무를 하다가 생활리듬이 망가졌던 경험이 있어서 다신 밤낮이 바뀌는 일은 하지 않겠노라 다짐을 하기도 했었다. 하지만 난 망설이고 있었다. 단칼에 거절하기엔 마땅히 할 것도, 갈 데도 없었다. 하물며 가족들의 집이 근처에 있는 당시의 자취방으로부터, 그러니까 태어나 평생 살아오던 대구로부터 벗어나고 싶은 열망이 유독 강한 상태였다. 그땐 왠지 모르게 고향을 벗어나야 인생이 풀릴 것만 같은 예감이 들었다. 그래서 여태껏 한 번도 고려해 본 적 없던 일을, 심지어 연고도 없는 지역으로 넘어가면서까지 해야 하는 중요한 결정치고는 고민을 그리 길게 하진 않았다. 딱히 뾰족한 수도 없었기에 느닷없이 날아온 친구의 제안을 덥석 받아들이기로 한 것이다. 그런데 그때까지만 해도 그 섣부른 선택이 다가오는 내 인생을 완전히 뒤집어 놓을 줄은 상상도 하지 못했다.

거의 자포자기한 상태로 넘어간 구미는 의외로 괜찮은 요소가 많았다. 회사로부터 배정받은 기숙사 바로 맞은편에는 커다란 신축도서관이 있었다. 일단 그것부터가 내겐 그렇게 위안이 됐다. 취미라곤 오직 독서 하나뿐이었는데 일상의 무료함을 충분히 달래주고도 남을 만한 공간이 바로 코 앞에 있었기 때문이다. 그리고 구미엔 '삼일문고'라는 독립서점이 있었다. 대구에 있을 땐 항상 동성로에 있는 교보문고를 들리곤 했는데 그곳과는 분위기가 완전히 다른 독보적인 매력을 겸비한 공간이었다. 교보문고는 뭔가 책 사러 가는 곳처럼만 여겨졌었는데, 삼일문고는 시간 나면 놀러 가고 싶고 간 김에 책 몇 권은 일부러라도 사고 싶게 되는 그런 곳이었다. 둘 중 하나를 고르라면 당연히 삼일문고였다. 양포도서관과 삼일문고라는 책으로 가득한

두 건물이 있다는 것만으로도 구미에 오길 잘했다는 생각이 들었다. 30년 넘게 잘 살아온 대구에게 괜스레 미안한 마음이 들었다. 정작 대구는 내가 있든 없든 신경도 쓰지 않겠지만.

일은 생각보다 할 만했다. 근무형태는 4조 3교대였는데 아침 7시, 오후 3시, 저녁 11시를 돌아가며 5일씩 일하는 방식이었다. 기본적인 근무 시간은 8시간이고 조기출근과 잔업으로 추가 수당을 버는 구조였다. 추가근무를 하지 않으면 250만 원보다 조금 더 받고, 어느 정도 잔업을 채우면 300만 원은 충분히 넘게 벌었다. 한 달에 가장 많이 받았을 땐 380만 원까지도 받아봤었다(딱 한 번). 그리고 생산직이면 어딜 가나 단순반복 작업을 하는 거라 생각했는데, 적어도 친구 따라 간 철강회사는 내가 예상했던 것과 완전히 달랐다. 공부해야 할 것도 많고 일도 어려웠다. 수십 수백 가지의 불량형태를 알아보는 눈썰미를 길러야 하며 그에 따른 대처법은 일하면서 스스로 터득해야 했다. 주야장천 시간만 때운다고 배울 수 있는 것도 아니고 선배들이 알려준다고 해서 쉽게 알 수 있는 것도 아니어서 더 어려웠다. 업무에 관심을 갖지 않으면 몇 년이 지나도 제자리걸음을 할 법한 그런 일이었다. 나쁘게 보면 몸도 힘든데 머리도 써야 하는 일이었고, 좋게 보면 공부할 게 많은 만큼이나 재미를 붙이려면 충분히 붙일 만한 일이었다(아내는 이때 교대 근무를 하는 와중에 만난 것이었다).

무엇보다도 가장 좋았던 건 휴무 날을 확실하게 알 수 있다는 점이었다. 비록 교대 근무 특성상 주말과 공휴일까지 챙길 수는 없었지만, 정해진 근무표에 맞게는 어김없이 쉴 수 있으니 약속 잡기가 수월했다. 희한하게도 그전까지는 하나 같이 언제 쉬는지 도통 알 수 없는 곳들만 거쳐왔다. 회사 다니는 직장인일 때도 그랬고 현장에서 기술 배울 때도 그랬다. 그래서 난 월요병이 없다. 입사할 당시 먼저 일하던 선배들은 여름에 덥고 겨울에 추운 만큼 힘들 거라고 겁을 줬지만, 여름은 땡볕 아래서 일하고, 겨울엔 반팔을 입어야 할 정도로 뛰어다니며 일했던 나로서는 공장 안에서의 더위와 추위 정도는 견딜만했다.

———

그렇게 사회생활 처음으로 1년이라는 경력을 채워갈 때쯤 뜻밖에도 다른 친구를 통해 대기업 생산직 회사로 이직할 수 있는 기회를 얻게 되었다. 집에서 30분 거리라는 게 좀 걸렸지만 일이 편하고 돈을 꽤 많이 준다고 하니 솔깃했다. 가뜩이나 결혼식이 채 몇 달 남지 않았던 시기였기에 연봉의 대폭상승은 결코 무시할 수가 없는 항목이었다. 또한 그 당시 다니던 곳은 퇴사해도 언제든 다시 들어올 수 있을 것 같았는데, 대기업 생산직은 기회를 놓치면 다신 들어갈 수 없을 것만 같았다. 그래서 함께 일하던 동료직원들의 꽤나 적극적인(?) 만류에도 불구하고 1

년을 딱 채우고서 이직을 감행하게 되었다.

　새로 일하게 된 곳은 막 편하진 않았어도 전 회사처럼 머리 아플 정도로 공부해야 할 게 많진 않아서 크게 힘들지도 않았다. 다만 미처 예기치 못한 네 가지가 있었다. 우선 첫 번째는 태어나서 먹은 회사밥 중 가장 맛이 없다는 점이었고, 두 번째는 월급이 생각보다 진짜 많이 들어온다는 점이었다. 통장에 꽂히는 금액이 세금을 떼고도 400만 원이 들어왔다. 이전 회사에서는 잔업을 할 수 있는 최대한으로 해야 겨우 350만 원 이상을 벌까 말까였는데, 이직한 곳은 거의 기본급이 400만 원이라고 보면 됐었다. 연봉으로 따지면 7천만 원이 훌쩍 넘어가는 것이었다. 수습 기간이었음에도 급여는 90%가 나왔기에 첫 달부터 많은 돈을 벌었다. 안 그래도 변동지출이 거의 제로에 가까운데 갚아야 할 빚도 없었으니 저축하는 금액만 달에 300만 원이 넘어갔었다. 대신 그 회사는 10년 이상의 경력이 쌓여도 신입사원과의 연봉차이는 거의 미미했다(다른 생산직도 대부분 그렇다고 알고 있다).

　사실 남은 두 가지가 꽤 치명적이었는데 일단 그중 하나는 쉬는 날에도 출근을 해야 한다는 점이었다. 이전 회사에서는 다른 사람이 연차를 쓰면 내가 출근하는 날에 조기출근을 하거나 잔업을 좀 더 하는 걸로 메꾸면 됐었다. 그런데 새로 이직한 곳은 한 사람이 연차를 쓰면 다른 사람이 쉬는 날에 특근을 해야 하는 어처구니가 없는 근무형태를 고수하고 있었다. 처음 그 얘기를 듣자마자 살짝 느낌이 쌔하긴 했지만 크게 신경을 쓰지 않았던 이유는, '그래봤자 그런 일이 얼마나 있을까'라는 안일한 생각을 하고 있었기 때문이다. 하지만 막상 일을 해보니까 연차를 쓰는 사람이 거의 매주 튀어나오곤 했다. 그 바람에 휴무 전날 마지막 근무를 끝내고 퇴근하려 옷을 갈아입고 있으면 "내일 너 나와야 된다."라는 청천벽력 같은 소리가 귀에 꽂히는 일이 비일비재했다. 도통 미리 알려주는 법이 없었다. 가뜩이나 근무 형태가 3조 2교대여서(4일 동안 하루 12시간씩 근무하고 이틀간 쉬는 형식) 한 번 출근하면 집 밖에서 꼬박 14시간을 보내야 했기에, 근무가 잡힌 날은 거의 내 시간이 없는 거나 마찬가지였다. 하물며 쉬는 날까지 일을 나가야 했으니 개인시간 따위는 전혀 기대할 수 없는 굴레에 갇혀 버린 거나 다름이 없었다.

엎친데 덮친 격으로 이직하고서 약 한 달쯤 지났을 때 내게 아주 큰 영향을 미치게 된 사건이 일어났다. 용광로 앞에서 쇳물을 붓던 작업자분이(그곳은 자동차부품을 생산하는 주물공장이었다) 사고로 크게 다쳤는데 치료를 받던 도중 돌연 퇴사를 해버린 것이었다. 이것이 내가 미처 예기치 못한 마지막 한 가지였다. 퇴사자의 공석은 생산팀만의 암묵적인 규칙에 따라 회사에서 가장 신입이었던 내가 채워야만 했다. 가기 싫었다. 기존에 배우고 있었던 일은 쇳물이 담기는 모래틀을 형성하는 모래를 컴퓨터시스템으로 관리하는 일이었다. 근무시간 중의 거의 절반은 책상에 앉아 있었다. 그에 비해 변경되는 보직은 약 1,600도의 온도를 내뿜는 쇳물을 12시간 내내 모래틀에 붓는 일이었다. 뜨거워서 힘든 건 둘째치고 너무 위험해서 문제였다. 물론 기본적인 작업은 기계로 조작하긴 했지만 쇳물이 빠지는 주입구에 구멍이 막혀서 직접 뚫어야 하거나, 용광로 표면에 뜬 불순물을 걷어야 할 때는 정말이지 위험하기 짝이 없었다. 자칫 발을 헛디디기라도 하면 부상을 당하는 정도가 아니라 거의 끝난다고 보면 됐었다. 그럼에도 당장에 오갈 데도 없는, 수습기간이 채 끝나지도 않은 신입사원이 무슨 대꾸를 하겠는가. 윗사람이 시키길래 일단은 군말 않고 다시 처음부터 일을 배웠다.

———

그러던 어느 날, 초여름의 황금빛 노을이 온 세상을 환하게 비추고 있을 무렵에 야간 근무를 하러 집을 나서고 있을 때였다. 보통 저녁에 출근을 할 때면 약소한 우울감이 온몸을 감싸곤 한다. 퇴근하는 사람들을 가로질러 밤샐 각오를 다지며 회사로 향하는 건 좀처럼 적응되지가 않았다. 그렇다고 냅다 쨀(?) 수는 없었기에 애써 마음을 달래며, 언덕에 있는 아파트 출입문 게이트를 지나 핸들을 왼쪽으로 돌려 내리막길을 천천히 내려갔다. 그런데 왼편에 유독 눈에 들어오는 장면이 있었다. 갓난 아기가 타고 있는 유모차를 끌고 오르막길을 올라가고 있는 젊은 부부였다. 그들은 서로의 얼굴과 아이를 번갈아 보며 세상이 원래부터 행복하기만 했던 것처럼 밝게 웃고 있었다. 보기 좋았다. 달이 지고 해가 새로이 떠야 집에 돌아올 수 있다는 생각이 창출한 우울감이 싹 씻겨 내려가는 듯한 기분이 들 정도로 말이다.

 진한 노을빛이 내리쬐고 있었기에 마치 한 폭의 그림만 같았던 그들의 모습은, 시속 40km 정도의 속도로 지나면서 잠깐 스쳐봤던 것치곤 머릿속에 꽤나 오래도록 잔존했다. 회사를 향해 꼬박 30분을 운전하는 와중에도 그랬고, 12시간 동안의 근무를 하면서도 계속 생각났다. 것도 모자라 해가 쨍쨍하게 떠 있는 아침에 퇴근하면서까지도 그 행복한 가족의 모습이 자꾸만 떠올랐다. 대체 왜 그런가 싶어서 집으로 가는 운전길에 마음을 가만히 들여다봤다. 그랬더니 어느 정도 납득이 갈 만한 이유를 발견할 수 있었다. 난 그들이 너무 부러우면서도 동시에 나의 처지가 한없이 불행해 보였던 것이다. 왜냐하면 누군가에겐 지극히 평범한 저녁일상이, 내겐 운이 좋아야 겨우 누릴 법한 너무도 특별한 순간이 되어버렸기 때문이다. 남들보다 조금 더 많은 돈을 받는 대가로.

———

오전 근무를 하면 집에 일찍 도착해야 밤 9시였다. 야간 근무를 하면 당연히 저녁은 회사에 헌납해야 했다. 근데 것도 모자라 쉬는 날도 어김없이 출근하는 날이 잦았으니 온전한 저녁을 언제쯤 누릴 수 있는지는 함부로 가늠할 수가 없었다. 의미를 찾을 수 있는 일을 하고자 했던 내가 돈에 눈이 돌아가는 바람에 어리석은 선택을 했단 사실은, 그토록 소중히 여겨왔던 일상을 모조리 잃어버리고 나서야 깨닫게 되었다. 아무런 재주도 없는 내게 그 많은 돈을 쥐어주는 건 다 그만한 이유가 있었다.

이직할 때 세웠던 최초의 계획은 출퇴근 전후의 남는 시간과 4일마다 돌아오는 이틀간의 휴일을 활용하여 제2의 직업을 준비하는 것이었다. 이런저런 자기계발 활동을 하면서 평생 할 만한 일을 찾아 나름의 노후준비를 일찍이 하고자 했다. 이전 회사에서부터도 계속 그래왔다. 하지만 자기계발은커녕 퇴근해서 집에 오면 지쳐 쓰러지기 바빴다. 확실히 용광로 옆에서 일하는 건 보통이 아니었다. 체력의 한계가 느낄 정도로 온몸의 에너지가 고갈되는 수준을 넘어 날마다 수명이 줄어드는 기분이 들었다. 예전에 목수 시절, 하루 20,000보 이상을 뛰어다니며 일할 때도 그 정도로 힘들진 않았다. 단연코 태어나서 경험해 본 것 중 가장 거칠고 위험한 일이었다. 아내는 하루가 다르게 핼쑥해지는 내 얼굴을 보고선 하염없이 울기도 했다. 퇴근하면 샤워장에서 깨끗이 씻고 귀가를 하는데도 대체 얼마나 몰골이 엉망이면, 집에 들어서는 날 보자마자 그렇게 눈물을 흘릴까 싶었다. 한편으로는 그런 아내가 고맙고 사랑스럽기도 했지만 그보단 미안한 마음이 훨씬 더 컸다.

이대로 계속 일하면 후에 남는 거라곤 망가질 대로 망가진 몸과 젊음을 바친 대가로 벌어들인 푼돈밖에 없을 것 같았다. 문제는 혜택인지 저주인지 분간이 가지 않는 현대과학의 눈부신 발전 덕에 늘어난 평균수명을 감당하려면, 퇴직하고 나서도 2,30년은 족히 더 할 만한 일이 필요하다는 것이었다. 더군다나 돈은 있다가도 없는 것이었다. 아무리 알뜰살뜰 잘 모은다 해도 언제 어떻게 사라질지 모르는 게 바로 돈이었다. 그러니 버틸 수 있어도 더 이상 버티면 안 될 것 같았다. 조금이라도 더 젊을 때 최대한 시간을 벌어서 나만의 무언가를 어떡해서든 찾아내야겠다는 생각이 들었다. 가만 보면 돈은 늙어서나 필요한 것이지 젊을 땐 시간만큼 중요한 게 없었다. 현재의 시간을 어떻게 활용하느냐에 따라 훗날의 평안이 갈릴 터였다. 안 그래도 물욕이 거의 없는 나로서는 당장엔 많은 돈이 필요도 없었다. 물론 한 살이라도 더 어릴 때 저축하는 것도 중요하겠으나, 조금이라도 더 이른 시기에 나를 브랜딩 할 수 있는 무기를 찾는 게 훨씬 중요하다고 믿었다.

이번의 이직만큼은 마지막인 줄 알았는데, 한 치 앞도 어떤 일이 벌어질지 모르는 세상을 살아가면서 어떤 걸 마지막이라고 여기는 것 자체가 어리석은 생각이었다. 지난날들을 떠올려 보면 진짜 마지막이었던 순간들은 대개 마지막인 줄도 모르고 지나간 게 대부분이었으니까.

드디어 찾았다, 좋아하는 일

결혼식을 코 앞에 두고 연봉 7천의 직장을 포기하겠다는 말을 건넸음에도 아내는 딱히 큰 반응이 없었다. 마치 예상이라도 하고 있었던 상황을 대하는 것마냥 덤덤했다. 그럼에도 속으론 분명 쓰린 부분이 있었을 텐데, 별다른 내색 없이 내 뜻을 존중해주었으며 담백한 응원을 곁들이는 것도 잊지 않았다. 그런 아내가 참 고마우면서도 더 이상 이전의 도돌이표 패턴을 답습해선 안 되겠단 생각에 정신이 바짝 들기도 했다.

나의 계획은 일단 사무직으로 이직하는 것이었다. 예비신랑이 꿈을 찾겠답시고 돌연 퇴사하여 백수가 될 순 없었으니, 유의미한 생계유지비도 벌면서 동시에 재주를 갈고닦을 만한 시간을 확보할 수 있는 곳은 사무직이 제격인 것 같았다. 비록 사회생활을 시작한 이래로 책상에 앉아서 업무를 보는 일은 해 본 적이 없었지만, 나름 컴퓨터 쪽으로는 잡기술(?)이 많은 편이어서 그렇게 부담스럽진 않았다. 시기상 돈 쓸 일이 점점 많아지고 열심히 커리어를 쌓아 나가도 모자랄 판국에, 마음 다잡고 일하기는커녕 굳이 연봉이 반토막 나는 위험을 감수하면서까지 화이트 칼라가 되고자 했던 이유는 다음과 같다.

  첫 번째로는 일터에서의 에너지 소모를 최소화하기 위해서였다. 직장인이 출근 전이든 퇴근하고 나서든 뭘 하고자 한다면 곧 쓰러질 정도로 피로에 찌드는 일만큼은 피해야 한다고 판단했다. 오랜 시간 각종 현장에서 몸 쓰는 일만 해왔기에 퇴근하고 나면 얼마나 지치는지는 이미 충분히 경험한 터였다. 두 번째는 업무 도중에 생기는 틈새시간을 적극 활용하기 위함이었다. 가끔 회사에서 짬 날 때 글을 쓴다거나, 뭔가 개인적인 컨텐츠를 만든다고 하는 사람들을 마주할 때면 내심 부러웠다. 현장은 한 번 출근하면 퇴근 전까지는 꼬박 일만 해야 했던 관계로 시간이 남는답시고 뭔가 다른 걸 한다는 건 있을 수 없는 일이었다. 애초에 그럴 시간조차 아예 나지도 않았지만 말이다. 그에 비해 사무직에 종사하면 아무리 새파란 신입이어도 점심시간쯤은 활용할 수 있을 것 같았다. 젊을수록 돈보다는 시간이 더 중요하다는 걸 절실히 깨달은 나로서는 그런 작은 시간이라도 최대한 여미는 게 중요했다. 그리고 당시엔 앞으로 뭘 할 건지에 대한 뚜렷한 계획이 없었음에도, 왠지 예감상으로는 뭘 하든 간에 블로그 같은 곳에 글을 쓰긴 할 것 같았다. 그렇다면 더욱더 사무직 만한 데가 없었다.

 마지막 세 번째로는 빨간 날과 공휴일을 다 쉬는 가장 유력한 직종이 바로 사무직이었기 때문이다. 난 월요병이 마음을 파고 들 새가 없을 정도로 평일 주말 구분 없이 지내왔다. 내 세계관에서는 달력에 찍힌 빨간 숫자들이 아무런 의미가 없었다. 국가 기념일이나 크리스마스 같은 날은 물론이고 심지어 명절까지도 일거리의 유무에 따라 일정이 갈리는 삶을 살아왔기 때문이다. 규칙적이지 못한 일상을 보내다 보면 절대적인 시간을 확보하는 것에도 애로사항이 많지만, 무엇보다도 마음의 여유가 없는 게 가장 큰 문제였다. 어쩌다 시간이 나더라도 평소 힘들게 일한 것에 대한 보상심리가 강하게 작용해서 뭔가 생산적인 작업을 하기보다는, 그 시간에 좀 더 자고 싶고 좀 더 놀고 싶은 욕구를 충족하기 바빴다. 그나마 그렇게라도 해야만이 어김없이 돌아오는 일거리의 버거움을 감당할 만했다.

 알고 보면 나 같은 건 감히 견줄 수도 없을 만큼 극한의 상황에 처했음에도 불구하고 자신만의 방법으로 스스로의 길을 개척해 나가는 이들도 있긴 했다. 하지만 난 아니었다. 난 그들과 달라서 일 자체가 목적이 아닌 일에 적지 않은 시간과 노력을 할애했다가는 죽도 밥도 안 될 것 같았다. 그러니 당시로서는 남들 쉴 때 같이 쉬는 업종에 종사하는 것이 뭔가라도 해볼 수 있는 여지를 마련하기엔 가장 최선의 방법이라고 생각했다. 물론 사무직이어도 주 5일제를 적용하지 않거나 야근이 기본값인 곳들이 많지만 아닌 곳을 찾아가면 될 일이었다. 이직을 마음먹은 순간부터 돈이나 복지 따위의 것들은 기꺼이 내려놓았으니 시간을 벌 수만 있다면 어디든 상관없었다.

때마침 구인구직 사이트에서 생소한 이름의 업체가 '캐드'라는 프로그램을 다룰 줄 아는 사무원을 구하고 있었다. 우연히도 난 캐드를 할 줄 알았고 자세히 보니 집에서 엄청 가까운데 있는 회사였다. 대체 어떤 일을 하는 곳인지는 모르겠지만 공고에 내세운 복지혜택도 꽤나 있어 보였다. 그 정도 조건이면 망설일 이유가 없어서 바로 입사지원을 하였다. 근데 그날 저녁에 바로 연락이 왔길래 미룰 것 없이 그 다음날 면접을 보기로 했다. 면접 당일에 문자로 알려준 장소로 찾아갔더니 직책이 센터장이라는 사람이 날 대면했다. 그분은 내가 입을 떼기도 전에 간략한 회사소개를 비롯하여 입사하면 맡게 될 업무와 급여에 대해서 자세히 설명해 주었다. 하지만 내가 궁금한 건 한 가지밖에 없었다.

"혹시 야근이 있나요?"

단호한 내 질문에 면접관은 야근할 일은 거의 없다며 안심하라고 했다. '거의'라는 단어가 참 거슬리긴 했다. 그럼에도 빨간 날 다 쉬고 급여도 은근히 괜찮고 해서 고민할 것 없이 입사를 하겠다며 그 자리에서 못을 박았다(나 말고도 면접 본 사람이 몇 명 더 있었다는 건 뒤늦게서야 알게 된 사실이었다). 그렇게 난 태어나서 처음으로 시간을 벌고자 계획했던 사무직으로 이직을 하게 되었다.

———

새로운 곳으로 출근하기까지는 일주일 간의 텀이 있었다. 여행을 다녀올 만도 했지만, 정황상 그럴 마음은 전혀 들지 않았다. 시간을 벌고자 돈을 포기했다는 것과 아내가 항상 지켜보고 있다는 것을 명심하며 매 순간을 허투루 보내지 않으려 했다. 겉으론 평온해 보여도 속으로는 필사적이었다. 힘이 많이 들어가서 좋을 건 없지만, 나름 인생에서 한 획을 그을 만한 중대한 결정을 내린 후였기에 아무래도 각오가 남달랐다. 그런 비장한 자세로 가장 먼저 시도한 건 새벽 5시에 일어나는 것이었다. 12시간씩 교대로 근무하는 공장으로부터, 9시에 출근해서 6시에 퇴근하는 직장으로 옮긴 것만 해도 많은 시간을 확보하긴 했으나 그 정도로는 부족했다. 하물며 앞으로 뭘 해야 할지 뚜렷한 방향이 잡힌 것도 아니었다. 그만큼 나에게 온전히 집중하며 밀도 짙은 사유를 할 필요가 있었고, 그에 적절한 시간대는 퇴근 후의 저녁이 아닌 출근 전의 새벽일 거라고 생각했다. 그렇게 지금까지도 실천하고 있는, 소위 미라클모닝이라는 새벽기상은 전 회사를 퇴사하고 바로 다음 날인 2022년 6월 23일부터 시작하게 되었다.

사실 새벽기상은 예전에 할 엘로드의 〈미라클 모닝〉이라는 책을 읽고 이미 해 본 적이 있었다. 그땐 그저 일찍 일어나면 좋다길래 무심코 따라 해 본 거여서 며칠 하다 말았었다. 그 뒤에 몇 번 더 도전해 보긴 했지만 왜 일어나야 하는지, 일어나서 무엇을 해야 할지에 대한 부분이 명확지 않아서 결과는 마찬가지였다. 그로부터 수년이 지난 후에도 비록 'WHAT'은 여전히 미지수였으나, 'WHY'만큼은(시간의 중요성) 확실했기에 'HOW'에 해당하는 일찍 일어나는 습관만큼은 꼭 들여야겠다고 마음먹었다. 일전에 작심삼일로 끝났던 원인을 되짚어 보면 딱히 일찍 일어나야 할 이유를 느끼지 못한 것도 크지만, 그에 못지않게 무턱대고 갈대 같은 의지 하나에만 의존한 것도 상당한 비중을 차지했다. 때문에 난 시스템이 필요하다고 봤다. 어떡해서든 새벽기상을 습관으로 들이고야 말겠다는 취지로 고안한 장치는 바로 블로그에 인증을 하는 것이었다. 온라인상에서 공개적으로 매일 새벽에 일어날 거라고 떠들어 대면 소소한 응원도 받으면서 나약해 빠진 의지력을 커버할 수 있을 것만 같았다.

최초의 계획은 날짜와 시간이 함께 나오는 카메라 앱으로 새벽기상 인증샷을 찍어서 첨부한 다음, 그 밑에 몇 날 며칠 몇 시에 일어났다는 것까지만 대충 적고 블로그에 업로드하는 것이었다. 하찮게 시작해야 오래 지속할 수 있다는, 어느 책에서 읽었던 내용을 적용해 보려는 심산도 있었다. 다행히 첫날부터 예정대로 새벽 5시에 일어나는 데는 성공했다. 하필 새벽 5시였던 이유를 잠시 짚고 넘어가자면, 난 주로 이른 시간에 출근해야 하는 일들을 해왔기 때문에 평소에도 아침 6시쯤이면 항상 일어나 있었다. 그래서 그보다 한 시간 앞당긴 새벽 5시쯤엔 일어나야지만이 그나마 좀 뭐라도 하는 듯한 기분이 들 것 같았다. 다시 돌아와서 혹시 몰라 추가로 설정해 놓았던 알람들을 모두 해제한 다음, 블로그에 올릴 인증샷을 대충 찍고 화장실로 가 양치와 세수를 했다. 확실히 손과 얼굴에 물을 묻히니 졸음이 싹 달아나긴 했다. 그 후 뭔가 따뜻한 걸 한 잔 마시면 좋을 것 같아서 커피포트에 물을 받아 데웠다. 그동안 달빛이 환하게 비추는 창 밖의 풍경을 가만히 바라봤다. 고요했다. 얼핏 보면 저녁풍경과 비슷했지만 기운이 오묘하게 달랐다. 그렇게 멍을 5분쯤 때렸을까. 이름 모를 차를 우려낸 컵을 쥐고 다음 절차를 밟기 위해 거실 테이블에 앉아 노트북을 켜고 블로그에 접속했다. 그런데 잠시 후 미처 예상치 못한 일이 벌어졌다. 정신 차려보니 어느새 내가, 글을 쓰고 있었던 것이다.

원래대로라면은 인증샷 밑에다가 '2022년 6월 23일 새벽 5시 기상 완료'라고만 적고 말아야 했다. 애초에 간단히 기록만 하기로 했을뿐더러 별도의 글을 써 볼 요량은 추호도 없었기 때문이다. 하지만 유달리 길게 뻗은 나의 열 손가락은 출처 불분명한 내용을 쓰느라 키보드를 계속 두드리고 있었다. 마치 세상 모두가 잠들어 있는 새벽 특유의 감성에 젖은 나머지 손이 자동으로 움직이는 듯했다. 그 찰나의 순간동안 난 갑자기 글쓰기를 하고 있는 내 모습이 너무 신기해서 관찰자의 시선으로 나를 바라보고 있었다. 그리고 잠시 후, 노트북 화면에는 공백포함 497자의 텍스트가 찍혀 있었다. 그런 현실이 좀처럼 믿기지가 않았다. 누가 보면 별 것도 아닌 일 갖고 호들갑 떤다며 치부할 수도 있지만, 내 입장에서는 전혀 계획에도 없던 일이 벌어진 것이기에 그때 순간은 감히 특이점이라고도 할 만했다. 잘못한 게 있을 때 연인에게 쓰곤 했던 연애편지와 한때 쓰다 말았던 일기 말고는 글과 관련된 어떠한 역사도 없었다. 심지어 독서를 10년 넘게 해왔음에도 독후감 한 번 써 본 적 없던 나였다. 가끔 책을 좋아하는 사람들이 서평 쓰는 게 좋다며 추천을 하더라도 한 귀로 흘려듣고 무시하기 일쑤였다. 독서하는 것만으로도 적잖이 기가 빨리는데 글까지 쓰는 건 생각만으로도 버거웠기 때문이다. 그런 내가 새벽에 일어나서 느닷없이 시작한 게 글쓰기였으니, 당황하지 않으려야 않을 수가 없었다.

뭐 살다 보면 별의별 일이 다 생기니까 단순한 우연이겠거니 하고 일단은 넘어갔다. 그런데 다음 날도, 그다음 날도 난 계속 글을 썼다. 새벽에 일어나 인증샷을 찍고 차를 내린 다음 노트북 앞에 앉기만 하면 자꾸만 뭔가를 써내려 갔다. 그렇게 쓴 것들을 가만히 읽어보면 미리 생각해 본 적이 없던 내용치고는 그리 생소하지도 않았다. 이제 와서 그때를 떠올리며 유추해 보자면 아마 그건 감정의 유출이지 않았을까 한다. 새벽에 일어나 온몸으로 느끼는 오묘한 기분이 당시의 여러 가지 상황과 뒤섞이고 맞물려서 글로 튀어나온 게 아닐까 싶다. 며칠 그러다 보니 대뜸 오기가 생겨서 언제까지 써지나 한 번 보자며 나를 지켜봤다. 그 후에도 어김없이 새벽에 일어났던 만큼이나 글도 빼놓지 않고 썼고, 어느 순간부터는 글을 쓰기 위해 일찍 일어나는 지경에까지 이르렀다. 그렇다고 글쓰기가 막 재밌어서 그런 건 또 아니었다. 그냥 날 새벽에 가만히 내버려 두었더니 자연스레 일어난 현상이라고 하는 게 가장 적절한 표현일 것 같다.

그런데 그때까지만 해도 몰랐다.
내가 꿈을 찾게 될 줄은.

행복의 비결

젊을수록 자기만의 재주를 갈고닦는 시간을 보내는 게 중요하고, 늙어서는 스스로를 보호할 수 있을 만큼의 돈이 필요하다고 생각했다. 그런 마음으로 시간을 벌고자 시작한 게 새벽기상이었고, 새벽에 일어나기로 한 첫날부터 우연찮게 하게 된 건 다름 아닌 글쓰기였다. 당시만 해도 글을 쓴다는 건 평생 생각해본 적도 없던 일이기에 잠깐 이러다 말겠지라며 대수롭지 않게 여겼었다. 하지만 그날 그때가 내 삶에 글이 스며들게 된 아주 특별한 순간이라는 건 꽤 나중에서야 알게 된 사실이었다.

처음 한동안은 새벽 달밤의 감성이 고스란히 텍스트로 전환되는 게 그저 신기할 따름이었다. 노트북 자판 위에 손가락을 올려놓은 채 마음을 찬찬히 들여다보는 것만으로도 일정량의 글을 쓸 수 있었다. 그러다 조금 지나면서부터는 독후감을 쓰기 시작했다. 일전에 남들이 서평 좀 쓰라며 어필할 때는 거들떠도

보지 않더니, 글을 쓰면서부터는 책을 읽은 후에 뭐라도 끄적이는 건 어느새 자연스러운 일이 되었다. 그리고 평소 독서할 때면 인상 깊은 구절이 있을 때마다 별도로 수집하곤 했는데, 그렇게 모은 문장들도 다시 읽어 보니까 새삼 떠오르는 게 많아서 글로써 풀어내기도 했다. 쓰는 글은 전부 블로그에 빠짐없이 업로드했고 사람들의 반응도 나쁘지 않았다. 가끔 내 글을 읽고 자극받아서 새벽기상이나 글쓰기를 따라 하는 사람도 있었다.

확실히 별 볼 일 없는 글이라도 읽어주고 응원해 주는 사람들이 있으니 쓰는 맛이 나긴 했다. 그래서 이참에 블로그를 제대로 키워보고픈 마음이 들길래 독후감을 하루에 한 편씩 써 볼까 싶었다. 근데 그러려면 책을 하루에 한 권씩 읽고 글까지 써야 했다. 처음엔 그게 가능할까 싶었지만 새벽에 일어나자마자 책을 읽고, 출근해서도 읽고, 화장실을 가서도 읽고, 퇴근 후에도 자기 직전까지 필사적으로 읽어대니까 그리 불가능한 일도 아니었다. 한 권의 책을 찬찬히 읽으면서 여러 편의 독후감 포스팅을 해볼까도 싶었지만, 블로그를 찾는 사람들의 입장에서는 지루할 것만 같아서 좀 무식한 방식으로 나를 혹사시켰다. 그런데 가만히 보면 독후감은 책에 실린 남의 글을 빌려다 나의 생각을 쓰는 행위였다. 비록 마무리는 내 생각으로 매듭짓지만 시작은 항상 '남의 생각'이라는 재료가 필요한 일이었다. 왠지 그건 온전한 내 글 같지가 않았다. 그래서인지 날이 갈수록 처음부터 끝까지 내 생각으로 가득한 글이 쓰고 싶어졌다. 그런 욕망을 품다 보니 어느 순간부터는 마치 정해진 수순인 것마냥 에세이를 쓰기 시작했다. 애초에 블로그 컨셉을 독후감으로 잡는 바람에 업로드하는 글의 비중은 독후감이 7:3 정도의 비율로 높긴 했지만, 내 생각을 고이 덜어 쓰는 에세이에 더 정이 갔다.

그러던 어느 날, 우연히 '브런치'라는 글쓰기 플랫폼을 알게 되었다. 책과 관련된 글을 쓰다 보니 어쩌다 알게 된 건지, 블로그를 방문하는 사람 중에 브런치 작가가 있어서 접점이 맞물린 건지는 확실하게 기억이 잘 나지 않는다. 여하튼 브런치는 겉으로 보면 그냥 글 쓰는 공간처럼 보이는데 여느 플랫폼과는 뚜렷한 차이점이 한 가지 있었다. 그건 바로 작가신청을 하고 내부심사를 통과해야 공개적으로 글을 발행할 수 있다는 것이었다. 그런 브런치를 알게 됐을 땐 이미 블로그에 글이 어느 정도 쌓여 있었는데, 마침 작가신청 페이지에 SNS링크를 첨부할 수 있는 란이 있었다. 그래서 그거 하나 믿고 다른 항목은 대충 쓴 다음 될 대로 되란 심정으로 작가신청을 했었다. 어차피 블로그 하나만으로도 벅차서 설사 작가승인이 날지언정 브런치를 제대로 해볼 생각은 없었기 때문에 돼도 그만, 안 돼도 그만이었다. 그런데 세상일은 참 신기하게도 별 기대를 하지 않는 일일수록 결과가 좋은 건지, 며칠 후에 브런치 작가심사를 통과했다는 메일이 도착했다. 한 번에 합격을 한 것이다.

사실 난 브런치 작가가 아니라 다른 게 되고 싶었는데 그게 뭐냐면 네이버 도서 인플루언서였다. 뭐 인플루언서가 된다고 해서 드라마틱하게 대단한 일이 벌어지거나 쏠쏠한 혜택이 있는 건 아니었다. 그럼에도 인플루언서 배지가 블로그에 대문짝 만하게 걸려 있으면 없는 것보단 훨씬 낫지 않을까 해서 꾸준히 신청하고 있었다. 근데 단번에 통과한 브런치와는 달리 도서 인플루언서 신청은 뭐가 안 맞는지 연이어 퇴짜를 맞았다. 그 별것도 아닌 딱지 하나 달아보겠답시고 쓰고 싶은 에세이도 미루면서 주야장천 책과 관련된 글만 썼는데도 소용없었다. 가뜩이나 블로그를 키우는 게 점점 버거워지고 있던 참이었다. 왜냐하면 네이버 블로그를 키우기 위해선 글만 써서 될 게 아니라, 소위 소통이라는 이웃관리에도 상당히 많은 품을 들여야 했기 때문이다. 소통의 장점은 인기 없는 주제를 다루는 블로그라도 어느 정도는 우상향의 그래프를 보장한다는 점이었고, 단점은 관심도 없는 사람들과 이웃을 맺는 것도 모자라 읽고 싶지도 알고 싶지도 않은 글을 읽고 댓글까지 달아야 한다는 점이었다.

엎친데 덮친 격으로 어느 날, 블로그 활동에 심각한 제동을 걸 만한 한 가지 사실이 뇌리를 스쳤다. 생각해 보니 10년 동안 독서를 해 오면서 난, 단 한 번도 인터넷으로 책 리뷰나 독후감 따위의 글을 검색해 본 적이 없었던 것이다. 근데 내가 블로그에 쓰는 글들은 죄다 책 리뷰 형태의 독후감뿐이었다. 그러니까 난 나조차도 읽지 않는 유형의 글을 쓰면서도, 많은 사람들이 그 글을 읽어줬으면 하는 헛된 바람을 품고 있었던 것이다. 이래저래 보기도 좋고 읽기도 좋게 템플릿을 꾸며가며 정성 들여 쓰는 독후감보다, 틈 날 때마다 가볍게 썼던 에세이에 유달리 정이 갔던 건 다 그만한 이유가 있었다. 그렇다고 독후감을 쓰던 공간에 에세이로 채우고 싶진 않았다. 제품사용 후기, 영화 드라마 리뷰, 맛집 추천 같은 글들이 주를 이루는 곳에 마음을 덜어내는 진중한 글을 쓰는 건 영 내키지가 않았다. 나름 정성 들여 쓴 글이 일회성으로 소비되는 게 아깝기도 했고 말이다. 때마침 마지막이라고 생각했던 인플루언서 신청마저 결과가 다르지 않았다. 그래서 난 작가승인만 받아놓고 한동안 방치했던 브런치로 방향을 틀게 되었다.

———

　하고자 했던 게 아니라 갈 곳이 마땅찮아 정착하게 된 브런치였는데, 뜻밖에도 그때부터 난 날개 돋친 듯이 글을 쓰기 시작했다. 글을 써 봤자 읽는 사람이 하루에 채 10명도 되지 않았지만 전혀 개의치 않았다. 아예 조회 수 자체를 신경 쓰질 않았다. 블로그를 운영할 때는 방문자 수가 몇 백 명이 되어도 만족스럽지가 않았는데, 희한하게 브런치는 단지 글을 발행하는 것만으로도 형언할 수 없는 만족감이 온몸에 고루 퍼지는 느낌이 들었다. 안 그래도 난 강점을 초월하여 단점이 될 정도로 잡생각이 많은 편이었는데, 브런치를 하면서부터는 머릿속에 뭐 하나 떠오르기만 하면 냅다 낚아채서 글로 풀어쓰기 바빴다. 상황이 여의치 않으면 메모라도 했다. 운전을 하다가도, 업무를 보다가도, 잠을 자다가도, 심지어 샤워를 하다가도 쓸거리가 생각나면 수건으로 손만 대충 닦고 메모를 할 정도였다(특히 샤워할 때 유독 아이디어가 많이 떠올라서 되도록이면 씻을 때 폰을 가지고 들어간다).

경험해 보니 글을 쓴다는 건, 내면에 둥둥 떠다니는 여러 가지 정립되지 못한 관념들을 텍스트로 옮기는 과정을 통해 마음의 모양을 잡아가는 작업이었다. 때문에 글쓰기는 하면 할수록 나로 하여금 더 깊은 사유를 하게 만들고 더 많은 글을 쓰게 했다. 다른 사람은 몰라도 적어도 난 그런 글쓰기의 매력에 빠지지 않을 수가 없었다. 브런치는 자꾸만 나를 쓰게끔 만들었다.

작가신청을 할 때 작가소개와 활동 계획란에 대체 뭐라고 써 넣었는지 단 한 글자도 기억나지 않을 만큼 대충 써서 제출한 것 치고는, 어느새 난 브런치 작가로서의 활동을 그 어느 때보다도 열심히 하고 있었다. 그렇다고 글 쓰는 게 마냥 재밌어서 그런 건 또 아니었다. 글쓰기를 하다 보면 재미는커녕 내내 괴롭기만 하다. 이 글을 쓰고 있는 지금도 마찬가지다. 그럼에도 불구하고 매일 빠짐없이 뭔가를 쓰는 건, 글쓰기를 할 때보다 글을 쓰지 않는 게 훨씬 더 괴롭기 때문이다. 또한 더디고 버거운 만큼 적당량의 글을 쓰고 나면 그만한 보람도 없었다. 그래서 언제부턴가 하루라도 글을 쓰지 않으면 좀이 쑤실 지경이 돼버렸다. 혹 부득이한 사정이 생기면 잠시 내려놓을 순 있겠으나, 쓸 만큼 다 썼다는 이유로 글쓰기를 그만두게 될 일은 웬만해선 없을 것 같았다. 더군다나 그동안 텍스트로 방출하려고 모아둔 글감이 산더미처럼 쌓여 있었기에 최소한 그것들은 다 쓰고 봐야 했다. 쓸거리가 줄어들 생각은 않고 날이 갈수록 점점 불기만 하는 게 문제이긴 했지만.

블로그와는 다르게 브런치에 글을 쓰다 보니 지향하는 바의 방향성과 그 범위 면에서 압도적인 차이가 있었다. 블로그판에서 놀 때는 목표랍시고 정한 게 도서 인플루언서, 애드포스트, 책리뷰 체험단 정도가 고작이었다. 반면에 브런치라는 무대에 오르니까 글 쓰는 행위 자체가 원대한 목적이 돼버렸다. 그 여파로 인해 무려 책을 쓰고 싶다는 얼토당토 안 한 소망을 갖게 되고, 더 나아가서는 태어나 처음으로 작가의 삶을 상상하는 지경에까지 이르렀다. 요컨대 브런치를 시작한 덕분에 단 한 번도 가슴에 품은 적이 없던, 소위 꿈이라는 게 생기고야 말았다. 달빛이 환하게 비추는 새벽에 일어나 글쓰기로 하루를 시작하고, 출근 후에는 여유가 생길 때마다 토막글을 쓰고, 것도 모자라 퇴근해서도 글을 쓰다 하루를 마감하는 생활을 반복하다 보니, 어느샌가 허락한 적도 없던 꿈이 마음에 슬며시 들어와 있었던 것이다.

내가 정의하는 작가는 대단한 게 아니라, 그냥 글을 쓰는 사람이었다. 내가 희망하는 삶은 거창한 게 아니라, 하루 중 가장 많은 시간을 글쓰기로 채우는 것이었다. 고로 글쓰기로 점철된 요즘의 일상은 곧 꿈을 살아가는 것이나 마찬가지였다. 여전히 글쓰기는 괴롭지만, 허구한 날 글만 쓰느라 그 좋아하던 친구들과도 꽤나 멀어졌지만, 그럼에도 불구하고 지금의 스탠스를 웬만해서는 잃지 않으려 한다. 왜냐하면 글쓰기라는 '할 일'이 생기면서부터 비로소 내 인생에 전에 없던 평온이 깃들었기 때문이다. 겪어 보니 행복의 비결은 특별하지 않았다. 행복과 직결되는 안정감을 누리는 방법은 정말 간단했다. 자신만의 과업을 찾는 것. 그 일로써 많은 시간을 보내는 것. 그런 순간들을 통해 점차 스스로를 알아감으로써 자기 자신이라는 존재와 한없이 친해지는 것. 그것이야말로 내가 몸소 깨닫게 된, 알고 보면 단순하기 짝이 없는 행복의 비밀이었다.

예전부터 사랑하는 사람과 한 지붕 아래 함께 살아갈 거란 의지는 확고했으나, 꿈을 찾는 것과 결혼하는 건 별개의 영역이라고 생각했다. 그러나 인생에서 일어나는 모든 일은 마치 그것들이 거대한 하나라도 되는 것인 양, 지나고 보면 서로 영향을 주고받지 않는 게 없었다. 단언컨대 지금의 아내를 만나지 못했다면, 현재 나를 가득 메우고 있는 이 행복감은 결코 만끽할 수 없었을 거라고 감히 확신하는 바이다. 하물며 글쓰기를 발견하고 작가의 삶을 지향하는 건 아예 꿈도 꾸지 못했을 터였다. 이번 생에 내가 부여받은 단 하나의 축복을 꼽으라면 그건 바로 어제도 함께였고, 오늘도 함께이고, 앞으로도 계속 함께 할 그녀를 배우자로서 맞이한 걸 테다.

난 이만하면 됐다.

이젠 아내와 곧 태어날 우리 아이를 위해 기꺼이 헌신하며 하늘이 허락한 울타리를 넘지 않는 선에서 그들에게 내가 받은 모든 걸 돌려주리라.

34년 만에 쓰게 된 첫 책과 남은 여생의 전부를, 먹구름이 드리웠던 내 세상에 더없이 아늑한 빛을 내려준 사랑하는 아내에게 고이 바친다.

아무리 생각해도 그녀를 마주한 건,
생애 최고의 행운이자 영광이었다.

만남은 타이밍

"여보, 우리가 좀 더 어릴 때 만났으면 어땠을 것 같소?"
"안 사귀었을 것 같소."
"너무 단호한 거 아니오?"
"그럼 자기는?"
"나도 안 만났을 것 같소."
(웃음)

우리 부부는 금실이 좋다. 아무리 신혼부부라 해도 이리 사이가 좋을 수 있나 싶을 정도로 잘 지낸다. 그래서 그런지 가끔은 그런 생각도 한다. '과연 우리가 좀 더 어린 나이에 만났으면 어땠을까'라고 말이다. 하지만 위의 대화에서처럼(실제로 몇 번도 더 주고 받았던) 우린 서로 솔직하게 터놓고 인정했다. 몇 년만더 일찍 만났어도 연인으로 발전하긴 힘들었을뿐더러, 혹 그렇게 된다 한들 결혼까진 하지 못했을 거라고. 확신하건대 우리가지금처럼 잘 지낼 수 있는 건 그간의 연애경험을 통해 느끼고배운 게 많은 덕분이었다.

당연한 소리지만 열정이 넘치던 20대 시절의 난 지금과 같지 않았다. 여전히 그런 면이 없잖아 있긴 하겠으나 예전엔 훨씬 더 이기적이고 배려할 줄을 몰랐다. 그리고 내가 세상에서 제일 잘난 놈인 줄 알았다. 난 평생 사고라는 걸 쳐본 적이 없었다. 부모님의 온순한 기질을 그대로 물려받은 탓인지 어릴 때부터 눈에 띄게 얌전한 편이었다. 감정 기복도 없고 사춘기도 없었다. 패닉이 올 만큼의 큰 일을 마주하더라도 이성을 잃지 않고 곧잘 침착하게 대응하곤 했다. 그런 만큼이나 연애를 할 때도 내가 먼저 트러블을 일으킨 적은 딱히 기억나는 게 없을 정도로 없었다. 대부분은 상대방 쪽에서 먼저 사건을 일으키는 게 일반적이었다. 이를테면 밖에서 술 먹다 필름이 끊겨서 연락이 두절된다거나, 갑자기 기분이 우울하단 이유로 느닷없이 이별통보를 일삼는다거나 하는 것들 말이다. 그에 비해 난 술 마시고 행패를 부리지도 않고, 담배를 물지도 않았으며, 인간관계도 괜찮았고, 성격도 모난 데가 없었다. 근데 그게 화근이었다. 연애하다 생기는 모든 문제의 원인은 대부분 상대방에게 있다고 여기는 끔찍한 놈으로 변해버린 건, 아이러니하게도 평소 행실이 너무 올

발라서였다.

난 항상 누군가를 나무라는 쪽이었고, 상대방은 매번 고갤 숙인 채 내 기분이 풀릴 때까지 사과하는 입장이었다(지금 돌이켜 보면 그런 관계를 어느 정도 즐긴 거 같기도 하다). 잘잘못을 떠나서 연인에게 쓴소리를 듣는 건 결코 유쾌한 일이 아니다. 그럼에도 난 상대방의 미어지고 서러울 법한 심정은 일말의 고려도 하지 못하고, 내가 옳다는 생각에 사로 잡혀 달래줄 생각은 더더욱이나 하지 못했다. 가뜩이나 미안해서 얼굴도 똑바로 쳐다보질 못하는 사람의 마음을 어루만져 주기는커녕, 비겁한 우월감이 충족될 때까지 연인의 실수를 재차 언급해 가며 속을 후벼 파기 바빴다. 그러니까 상대방이 작은 잘못을 했다면 그걸 빌미로 난 더 큰 죄를 저질렀던 셈이다.

한 번은 이별통보와 함께 "오빠를 만나는 내내 눈치 보느라 힘들었어. 조금만 실수하면 차일 것 같아서 두려웠고."라는 말을 들은 적이 있었다. 그때까지만 해도 설마 그런 고충을 안고 있었을 줄은 꿈에도 생각지 못했다. 당시엔 혼자로 지낼 준비가 전혀 되어 있지 않았기에 어떡해서든 붙잡으려 했지만, 그 말을 듣고서는 차마 아무런 대꾸도 할 수가 없었다. 얼마나 가슴이 아렸는지 일말의 감각도 느껴지지 않는 듯했다. 그 순간의 난 '무' 그 자체였다. 그나마 할 수 있는 거라곤 현실을 있는 힘껏 부정하는 것밖에 없었다. 하지만 그럴수록 연인으로서의 자격을 박탈당하는 게 마땅하다는 생각만 더 강해질 뿐이었다.

그날의 기억은 평생 잊을 리 만무한 쓰라린 추억으로 가슴에 새겨졌지만 지금 생각하면 차라리 잘 된 일이었다. 만약 그때 그 말을 듣지 못하고 헤어졌더라면 '난 아무 잘못이 없다'라는 마음을 계속 품은 채로 살 수도 있었을 테니까. 그럼 이전에 만났던 사람들에게 저질렀던 무자비한 언행들을 지금의 아내에게 고스란히 내비쳤을지도 모를 일이다. 그랬다면 결혼은커녕 얼마 사귀지도 못하고 진작에 걷어 차이고도 남았을 것이다.

근데 나만 이럴까?

"자기만 그런 게 아니라오. 나도 이전의 연애경험이 없었으면 여보라는 사람을 제대로 알아보지도 못했을 것이오."

아내와 난 서로의 연애사를 거리낌 없이 공유하는 편이다. 과거를 언급하다 보면 부끄러운 흑역사가 노출되기도 하지만, 어떤 서사를 딛고서 지금의 나로 거듭날 수 있었는지를 밝히는 건 꽤 뜻깊은 일이라고 생각한다. 이만큼이나 정제된 내면을 갖추기까지 숱한 우여곡절을 겪어 왔음에 대한 자부심도 있었기에 그에 대한 거부감은 일절 없었다. 아내도 나와 생각이 크게 다르지 않은 듯했다. 간혹 과거사를 주고받는단 얘기를 들으면 경악을 금치 못하는 사람도 있던데 우리 부부에겐 지극히 자연스러운 일이다. 물론 너무 깊게 파고 들어봤자 좋을 건 없으니 적당한 선에서 매듭짓긴 한다. 다만 대충 들어본 바로는 아내도 연애경험이 적진 않은 것 같았다. 나름 20대 시절 내내 공백기가 없을 정도로 사람들을 부단히도 만나온 나였지만, 아내도 더하면 더했지 못한 것 같진 않았다. 끼리끼리 만나는 건 정말 과학인 건지도 몰랐다.

요컨대 우린 각자의 영역에서 가능한 한 열심히 연애를 해 온 덕분에 서로를 알아보는 눈을 가질 수 있었다. 그런 까닭에 난 되도록이면 연애를 많이 해보라고 적극 권장하는 편이다. 사랑하는 사람과 헤어지는 건 세상에서 가장 고통스러운 경험 중 하나이지만, 그 고통이 한 인간에게 얼마나 많은 가르침을 주는지는 감히 가늠할 수 없을 정도다. 지금의 아내를 만나 이토록 행복감이 충만한 삶에 이를 수 있기까지 가장 잘했다고 여기는 건, 할 수 있을 때 최선을 다해 연애를 해왔다는 것이다. 지난 시절의 연인들은 한때 마음을 나눴던 상대이면서 동시에 스승이기도 했다.

결혼은 타이밍이 중요하긴 했다. 아무리 괜찮은 사람을 만나도 내가 여전히 미성숙한 관념을 지니고 있거나 주변 환경이 따라주질 않으면, 사랑하는 마음 하나만으로 평생의 약속을 맺기엔 역부족일 테니까 말이다. 그러나 당장 내일조차도 무슨 일이 어떻게 일어날지 모르는 만큼 시기적절한 때가 언제 올지는 아무도 모른다. 한 가지 확실한 건 '좋은 사람이 언젠간 나타나겠지'라는 마음으로 그냥저냥 살아가면 인생의 계기가 도래해도 소용없다는 것이다. 왜냐하면 이게 기회인지 아닌지 알아볼 수 있는 혜안은 가만히 있는다고 생기는 게 아니니까.

내 사람을 만나고 싶다면 몸 사릴 게 아니라 최대한 다양한 인연들을 만나봐야 한다고 생각한다. 나이는 숫자에 불과하고 때 늦은 시기 따위는 없다고 여기는 나이지만 연애만큼은 할 수 있을 때 해야 한다는 신념이 확고한 편이다. '때'라는 건 다 정해져 있더라. 그러니 좋은 배우자를 만나고 싶거들랑 스치는 기회라도 어떡해서든 붙잡아 최선을 다해 사랑해 보라는 말을 전하고 싶다.

경험이 사람을 완성시키니까.

내가 결혼하기로 마음 먹은 이유

난 나라에서 발표하는 각종 통계치를 그다지 신뢰하는 편은 아니다. 무슨 근거로 어떤 사람들을 상대로 조사한 지도 정확하게 모를뿐더러, 관심 가는 분야가 아닌 이상 수치만 봐 가지고서는 잘 와닿지도 않기 때문이다. 더군다나 한쪽으로 좀 많이 치우친 현상은 그런 지표를 볼 필요도 없다. 가령 하늘 높은 줄 모르고 치솟는 물가상승률은 굳이 누가 알려주지 않아도 몸으로 체감된다. 비슷한 예로 결혼이 그렇다. 요즘은 혼자 살아가는 사람이 정말 많은 것 같다. 내 주변만 하더라도 결혼한 사람보다 결혼하지 않은 사람들이 더 많은 걸 보면 역대 최저치를 자랑하는 출산율도 그리 이상해 보이진 않는다.

뜻은 있으나 상황이 여의치 않아서 결혼하지 않은 사람, 애초에 결혼할 생각 자체가 없었던 사람 등 저마다의 이유는 가지각색인 듯하다. 나 또한 한편으로는 혼자 사는 것도 나쁘지 않겠단 생각을 종종 했던 만큼이나 비혼의 삶도 충분히 존중한다. 세상에 정답은 없고 모든 건 선택사항이기 때문에 사실 결혼여부의 문제는 왈가왈부할 필요도 없는 일이다.

내가 배우자와 가정을 꾸리며 함께 살아가고자 하는 건 아주 단순한 이유에서다. 그건 바로 경험해 보지 못한 인생을 경험해 보기 위해서다. 처음엔 혼자 벌어먹기도 힘든 세상이니 결혼하지 않는 게 장점이 더 많을 것 같긴 했다. 많은 돈을 벌지 않아도 되고, 신경 쓸 것도 별로 없고, 하고 싶은 일 눈치 안 보고 할 수도 있고, 이런저런 갈등이 생길 일도 없을 테니 말이다. 그저 나 하나만 잘 챙기면 별 문제가 없을 터였다.

그런데 좀 더 깊게 생각을 해보니까 혼자 살면 몸과 마음은 편하겠으나 그 이상의 경험은 하지 못할 것 같았다. 달리 말해 남은 여생 동안은 이미 수없이 겪어봐서 과정도 결과도 뻔히 예상되는 일들만 되풀이하며 살아야 할 것이었다. 이를테면 생계만 겨우 유지할 수 있을 정도의 월급을 주는 직장을 다니고, 남는 건 없지만 시간만큼은 귀신 같이 잘 잡아먹는 게임이나 숏폼으로 심심함을 달래고, 친구들과 영양가 없는 대화를 주고받으며 몸에 해롭기만 한 술을 마시느라 몸에 쌓인 독소를 해독하는데 젊음을 소모하고, 어렵사리 모은 쌈짓돈으로 여행을 떠나 풍취

를 즐기기는커녕 눈에 불을 켜고 가성비를 따지느라 되려 피로
감만 쌓여 돌아오는 그런 패턴들을 반복하는 삶 말이다. 그야말
로 따분하고 무미건조한 인생일 게 분명했다.

노는 게 아무리 좋을지언정 매번 같은 방식이라면 언젠가는
감당키 힘든 무료함이 슬며시 덮쳐올 것이었다. 하물며 평생 관
계를 이어갈 거라 믿어 의심치 않았던 친한 친구들은 희한하게
나이가 들수록 별 것도 아닌 일들에 쉽게 토라지는 일이 많았
다. 그런 모습을 지켜보다 보니 남몰래 한없이 의지했던 그들마
저도 언제 어떻게 바람처럼 사라질지 모르는 존재들이라는 걸
차마 인정하지 않을 수가 없었다. 그래서 홀로 지내는 건 대놓
고 편할 것 같으면서 은근히 위험하게도 여겨졌다. 혼자 있는
걸 즐기면서도 외롭기는 또 싫은 나였기에 더욱 그랬다.

모르긴 몰라도 결혼생활은 이전의 모든 것들을 뛰어넘는 풍부
한 경험이 될 것 같았다. 비단 누군가와 평생을 함께 살아간다
는 게 보통 힘든 일은 아니겠지만 그만한 보람이 있을 거라 생
각했다. 성장엔 고통이 따른다는 점을 감안하면 달게 받아들일
수도 있는 일이었다. 그리고 왠지 난 먼 훗날 만나게 될 아내가
그 누구든 간에 원만히 잘 지낼 수 있을 거라는 근거 없는 자신
감이 충만하기도 했었다. 물론 결혼 후에 가족을 부양하느라 얼
굴이 폭삭 삭거나, 이혼의 상처를 안고 힘겹게 살아가는 이들이

눈에 많이 띄긴 했다. 그럼에도 그런 모습들은 그저 참고사항일 뿐 나와는 관계없는 일이라 여겼다. 그건 그들의 인생이고 난 나대로의 색다른 경험을 하게 될 거라고 믿었으니까.

———

주변인들은 날더러 고집이 세다고들 한다. 내가 자신들의 말을 순순히 따르지 않는다는 이유로 그렇게들 생각하는 모양이었다. 그러나 난 남의 이야기를 웬만해선 흘려듣지 않는다. 오히려 귀에 들어오는 모든 것들을 일종의 지표라고까지 여기며 놓친 부분이나 배울 만한 점은 없는지 곱씹어 볼 정도다. 단지 무턱대고 그들이 시키는 대로만 하지 않고 나만의 방식으로 달리 해석하는 바람에 이미 첨가된 본인들의 의견을 알아채지 못하는 것뿐이다.

내가 남들의 이야기를 경청하고자 하는 건 두 가지 이유 때문이다. 하나는 좋은 게 있으면 가져오기 위함이고, 다른 하나는 그들과 같은 실수를 저지르지 않기 위함이다. 가령 부부간의 갈등으로 신세한탄을 하는 사람이 있으면 공부한다는 생각으로 이것저것 물어본다. 무슨 문제로 어떻게 부딪히고, 갈등을 해소하기 위해 어떤 노력을 해봤으며, 왜 결국 의견 차이를 좁히지 못하고 지금에까지 이르렀는지 등을 말이다. 그러고 나서 혼자 있을 때 생각해 본다. 내게도 비슷한 일이 충분히 일어날 수 있다는 전제 하에 사전에 마찰을 방지할 수 있는 방법은 없는지, 혹 그런 상황을 맞닥뜨렸을 때 어떻게 하면 현명하게 대처할 수 있을지를 말이다.

결혼은 미친 짓이라며 고충을 토로하는 사람들은 날더러 유부남이 되는 것에 대해 신중하게 잘 생각해 보라며 바란 적도 없는 친절한 조언을 아끼지 않았다. 하지만 그럴 때마다 의지가 꺾이기는커녕 되려 더 타오르기만 했다. 남들이 그랬기 때문에 나까지 그럴 거라며 지레 겁을 집어먹고 발을 빼는 건 내 인생의 주도권을 남들에게 맡기는 무책임한 태도라고 여겼다. 뭐 사람 사는 건 다 비슷하니 나 또한 앞서 결혼한 사람들과 크게 다르지 않은 일들을 마주하긴 할 터였다. 그러나 우린 모두 철저히 분리된 별도의 세계관을 안고 살아가는 존재들이었다. 때문에 같은 일을 겪는다고 해서 같은 경험을 하게 되는 건 아니라고 봤다. 그런 신념을 바탕으로 결혼은 내가 직접 해 봐야겠다는 생각이 강했다.

비록 결혼을 떠올리면 좋은 일에 대한 기대보다는 백분 부딪힐 법한 더딘 일들이 떠올라 두려운 마음이 더 크게 앞서긴 했다. 그래도 결혼에 대한 의지는 쉽게 꺾이지 않았다. 직장이 변변찮아도, 물려받을 게 없어도, 모은 돈이 없어도 그것들이 결혼을 가로막는 문제가 되진 않는다고 생각했다. 세상 모든 일이 그렇듯 결혼도 마찬가지로 마음먹기에 달렸으니까.

난 결혼이 갖는 진정한 의미가 두 사람이 함께 살아가며 겪는 모든 과정이라고 생각한다. 심지어 이혼조차도 결혼에 포함된 일부라고 여긴다. 엄밀히 말해 결혼은 실재하는 게 아니라 머릿속으로 만들어 낸 개념에 불과하다. 그러니 맘 속으로 책임감을 야무지게 여미고 어영부영 살지만 않는다면 결혼할 자격은 충분하지 않을까 싶다. 단언컨대 결혼이 인생에서 마주할 수 있는 가장 특별하고도 풍부한 경험 중 하나인 것에는 의심의 여지가 없다. 그럼에도 불구하고 스스로의 생각으로 가능성을 제한한 탓에 망설이기만 하다 기회를 놓치는 건 실로 애석한 일이다. 거창해 보이는 결혼도 알고 보면 별 거 없으니 그냥 부딪히고 경험하면 될 일이라고 본다.

결혼은 결과이자 상상인 반면에,
현실은 과정이자 일상이었다.

고로 그 현실을 살아내는 자기 자신을 철석같이 믿을 수만 있다면 요즘 사람들이 그토록 꺼리는 결혼도 기꺼이 해봄직 하다고, 난 그렇게 믿는다.

신혼이지만 각방을 씁니다

초판 1 쇄   2024년 7월 25일
지 은 이   정치호
펴 낸 곳   하모니북

출판등록   2018년 5월 2일 제 2018-0000-68호
이 메 일   harmony.book1@gmail.com
전화번호   02-2671-5663
팩   스   02-2671-5662

979-11-6747-194-9 03810
ⓒ 정치호, 2024, Printed in Korea

이 도서의 국립중앙도서관 출판예정도서목록(CIP)은 서지정보유통지원시스템 홈페이지(http://seoji. nl.go.kr)와 국가자료공동목록시스템(http://www.nl.go.kr/kolisnet)에서 이용하실 수 있습니다.